高嶺の花の勘違いフィアンセ

エリート副社長は内気な令嬢を溺愛する

玉紀 直

✦

Illustration

上原た壱

books

高嶺の花の勘違いフィアンセ
エリート副社長は内気な令嬢を溺愛する

contents

プロローグ

「好きだ……」

本来であれば、喜ぶべき言葉だ。

なんといっても、その言葉をくれたのは長年憧れ続けた人。

尊敬と憧れと好きがごっちゃになりすぎて近寄りがたくなってしまっていた、高嶺(たかね)の花だ。

そんな彼――仁科彰寛(にしなあきひろ)に、しかもベッドに押し倒されて「好きだ」と言われている。

普通に考えれば、失神してしまいそうなほど嬉(うれ)しい。

……彼が、普通の状態なら……。

「それは……わたしに言っているんですか……?」

両肩を押さえられ憧れの人の眼差(まなざ)しを浴びながら、谷瀬美優(たにせみゆ)は慎重に尋ねる。

そうしながらも、彼に見惚(みと)れずにはいられない自分がいる。

もしもここが病院ではなく、押し倒されている場所も病室のベッドではなくて、また彼がパジャマではなくいつものパリッとしたスーツ姿だったなら、この状況はもっとロマンチックだったに違いないのに。

残念なものを感じつつ、自分を相手にロマンチックになんかなるはずもないかと自虐に走る。

この人の横に並べる女ではないことは、美優自身がよくわかっている。

……それなのに。

「当然だろう。他に誰がいるんだ？　美優」

憧れの人はそんな意地悪を言う。

他に誰が……。

彼の問いに、美優は答えることができない。答えてもいいのか迷うからだ。

彰寛が「好きだ」というべき女性は他にいる。美優ではない。

――美優の、姉だ……。

「俺は、まだ記憶の一部があいまいなままだ……」

慎重にならざるを得ない話題がふられ、美優は無意識に身体を震わせる。

「会社のことも自分のことも覚えているのに、どうしてもここ数週間と一部交友関係の記憶がハッキリしない。どうしても気になって仕方がない。仕事のことではなく、プライベートなことだ。それでもぼんやりとわかるのは、俺には……婚約者がいたはずだということだ」

背筋がスッと冷え、そこを覆うように冷や汗がにじむ。ベッドに押しつけられ寝具の温かみをもらっているはずなのに、まるで氷の板の上に寝かされているよう。

「婚約したことや、婚約者に関しての記憶、彼女とどう過ごしたのかさえ思いだせない。いいことであるはずなのに……なぜ思いだせないのか……」

心臓がドクンドクンと早鐘を打っている。

思いだしてはいけない。思いだすべきではない。思いだせば、彼は傷ついてしまう。

彰寛と婚約した美優の姉が、秘密にしていた恋人と失踪したなどと……。

姉が恋人と姿を消して、その直後、彰寛は階段から落ちる事故に遭った。

意識を取り戻したとき、一部の記憶が、なくなっていたのだ。

自分が仁科彰寛だということ、生年月日や年齢が三十一歳だということ、曾祖父(そうそふ)の代から続く貿易会社の跡取りであり副社長であることは覚えているのに、幼いころのことや交友関係、ここ数週間にかけての記憶だけが曖昧になっている。

仕事に関することは覚えている。しかし婚約者がいたことは思いだせない。

婚約者に秘密の恋人がいて、あまつさえ失踪した。……それを記憶から消したくて、彼の記憶は抜け落ちてしまったのではないかとさえ思うのだ。

「美優は、俺が入院中、こうして献身的に付き添ってくれている」

「は……ぃ、それは……はぃ……」

言葉が出てこない。

姉がしたことに対しての、せめてもの罪滅ぼしです。とは言えない。

「それで、俺はわかったんだ。俺が婚約したのは、美優、おまえなんだろう?」

美優は大きく目を見開く。

ついでに呼吸も止まった。……このまま心臓も止まってしまいそうだ……。

「おまえがそばで笑っていてくれると、俺も心が落ち着く。なぜ階段から落ちる事故に遭ったのかもわからなかったし、なにかの病気なんだろうかと不安にもなったが、そんな俺の不安を癒(いや)してくれたのが、美優、おまえなんだ」

嬉しそうに、どこか照れくさそうに、彰寛は美優を見つめる。そんな彼を見ていると胸の奥がぎゅううううんっと絞られ、その刺激で止まりかかった心臓が復活した。

今度は鼓動が大きくなりすぎて胸が痛い。

(待って……どうしてそうなるの!)

とんでもない勘違いだ。こともあろうに彰寛は美優を婚約者だと思っている。

「い……ぃひぇ、あのっ、わはしはぁっ……」

あまりのことに呂律(ろれつ)がおかしい。慌てて首を左右に振るものの、高嶺の花は拝ませてもらえるだけで幸せになるその秀逸すぎるご尊顔を、はにかむようにほころばせた。

(ぁ……駄目……尊くて……わたし死ぬかもしれない……)

こんな顔で見つめてもらえるなんて、耳と口から魂が白い物体になって抜けていきそうだ……。

ずっとずっと、憧れ続けた……初恋の人……。

柱の陰から眺めるだけで幸せになれた高嶺の花に、こともあろうに婚約者だと思われ、永久保存したくなる微笑(ほほえ)みを向けられている。

「美優はいつも遠慮ばかりしている。おおかた、婚約の話が出たときも『わたしなんかが！』みたいな感じだったんだろう？　それだから、俺の記憶が抜け落ちたのをいいことに、婚約なんてなかった、っていうことにしておこうと思っている……。そうだろう？」

「い……いいえ……そんなことは……」

（そんな事実は一切ございません！）

言わなければ誤解されたままだ。自分は婚約者ではないと説明しなくては。

しかし……。

その先を、どう説明する。「それなら誰と婚約したんだ？」と聞かれたら、なんと答えたらいい。

適当なことを言っても、彰寛が倒れて入院しているのに婚約者が姿を現さないのはおかしいという話になる。

むしろ、婚約者がいる男性に甲斐甲斐しく付き添っていた美優が、図々しいだけの女になってしまうではないか。

だからといって姉のことを言えば……彰寛が傷ついてしまう。

（彰寛さんが悲しむのは……いや……）

「そんな困った顔をするな」

彰寛が美優の頬を撫でる。優しい感触に、戸惑いすぎるあまり泣きそうになっていた顔がふっとなごむ……。と、彼の顔が近づいた。

「俺の婚約者は、おまえだよ……」

唇が重なる感触――。

(え……)

美優の思考は完全に固まってしまった。

――まさか、こんなことになるとは……。

夕日に染まる病室が、朱色というよりは神々(こうごう)しい光に包まれている気がしてくる。

彰寛のオーラに包みこまれてしまった自分を感じながら、美優は先週のことを思い返していた。

第一章　幼なじみは高嶺の花

ビル正面入口のドアが開く。

先に足を踏み入れた大柄な警備員が身をかがめながら道を空けると姿を現す男性。そこからは彼の独壇場だ。

「おはようございます、副社長」

「おはようございます」

ほうぼうから掛けられる朝の挨拶。それが重役に対する義務から出たものではなく、心から彼の存在に歓心しているのが声のトーンからもわかる。

「おはようございます。皆さん」

そんな社員たちに、株式会社ニシナ・ジャパン副社長、仁科彰寛は、凛々(りり)しくも秀麗なご尊顔を微笑ませて応える。

「本日もよろしくお願いします」

誰にともなく口にすれば、話しかけていた者から取り巻いていた者たちまで、どこからともなく「はい！」という活気に満ちた返事が聞こえはじめる。

彼は満足げに微笑んだまま歩を進める。受付前で待機していた男女二人の秘書が甲斐甲斐しく頭を下げ、彰寛が通りすぎるタイミングで両サイド一歩うしろを固め、口を開いた。

「おはようございます、副社長。本日のアポなのですが……」

「昨日の会議の資料ですが……」

交互に双方から話しかけられるものを、彼は難なくさばいていく。エレベーターホールに差し掛かり、なにを思ったのか——わずかに振り向いた。

（きゃっ！）

心の中で叫び声をあげ、美優は支柱の陰にサッと身を隠す。両手で持つスマホを胸に押しつけ、ハアッと大きく息を吐いた。

「……びっくりした……急にこっち見るから……」

ドキドキする胸を押さえたまま再びそっと顔をのぞかせる。視線に気づかれたのかと焦ったが、彰寛は立ち止まってスマホ片手に電話中だった。

（真剣な顔……。なにか、大変なお仕事でも入ったのかな……）

スーツ姿の彰寛を見つめていると、高鳴る鼓動はさらに高くなっていく。不整脈で倒れてしまいそうと思いつつ、スマホカメラをスッと彼に向けようとした……。

「おっ、盗撮か？　このストーカーめっ」

「ぴゃぁっ！」

いきなり真後ろで声をかけられ、驚きのあまり跳び上がった……ついでにスマホが手から滑り落ちそうになる。慌てて右に左に持ち手を移して、熱いものを受け止めているかのような危なげな動きをしつつ、なんとか落とさず両手でキャッチ。

おかしな声は出てしまったが、出勤時間ピークのエントランスで発生したわずかな奇声を気にするほど、みんな暇ではない。

ホッとしつつスマホを両手で持って振り向くと、同期で高校時代からの友人、岩井あかりがニヤニヤして立っている。

ヒールの高さひとつで視界が変わる、貴重な一五五センチ仲間。似ているのは身長のみで、彼女は長い髪を低いポニーテールにしたメガネ美人だ。それともうひとつ……。

「コソコソ写真なんか撮ってぇ。それとも動画か？　今夜のオカズか？　このムッツリがっ」

……少々……口が悪い……いや、言葉選びが自由すぎる……。

会話の方向性に若干の修正を求めたい。

「なによ、ムッツリって。それ、男の人に使う言葉でしょ」

「そうとは限らないよ。そうやってコソコソ隠し撮りして、あとで眺めてはニヤニヤしているような女にも使うよね～」

「う～～」

両手で持ったスマホを口元にあて、鼻の上にしわを寄せる。ここまで言われたら怒ってしまいそうなものだが、ここで機嫌を悪くせず、むしろ困ってしまうのが美優である。

　そんな友人を骨の髄まで知り尽くしているあかりは、くすぐったげに肩をすくめ美優のスマホを指でつついた。

「今日は上手(うま)く撮れたの？　美優の〝尊い人〟は」

　のどかな声音に、美優のご機嫌はピンっと上向きになる。まるでしょげたあとにオモチャをふられて元気になる仔猫(こねこ)のように、張り切って手帳型のスマホケースを開いた。

「きょ、今日はね、すごく上手く撮れたと思う、見て見て」

「うんうん、どれどれ」

「えーと、これ。……わっ、ほんと、今日は大成功っ」

　タイミングがよかった気はしていたが、自分でも驚いた。エントランスを颯爽(さっそう)と歩きながら社員に返事をしたときの微笑が、ばっちり写っている。

「すっ、すごくない？　あかりちゃんっ。わたし、すごくない？　スッゴク綺麗(きれい)に撮れてるよぉ〜」

「うんうん、すごいねすごいね」

「最近で一番の出来かも。これ、待ち受けにしようかな、それともプリントアウトして……」

「いっそグッズにしちゃいなよ。アクスタにしてデスクに飾っちゃえっ」

「あー、それでもいいっ。でも会社のデスクは無理だから家の部屋に……。あ〜でも、留守(るす)中に誰かが部屋に入ったらあれだし……」

本気ではしゃいでしまい、ハッとする。いくら美優の〝副社長好き〟を知っているあかりでも、ちょっと呆れてしまうのではないか。

しかし、大親友はくすぐったい笑顔を崩さない。

「よかったね、綺麗に撮れて。最近はブレたのばっかで落ちこんでたもんね」

おまけに一緒に喜んでくれる。これには美優も大感激だ。

「あかりちゃん……」

ジーンと胸が温かくなる。もう、彼女とは死ぬまで友だちでいられる。なんなら一緒に墓に入ってもいい。

……は思いこみすぎかもしれない。

が、そこまで感動で胸が満たされた美優は、友の気持ちに甘えてちょっと調子にのった。

「だーよーねぇ、スッゴクかっこいいでしょう」

「ふぅん、どれ？」

背後からいきなりひょいっとスマホを取り上げられ、美優は慌てて振り向き……、心臓が……停まりそうになった。

「なにを見てそんなに騒いでいるのかと思えば、俺か。いいショットだな。プリントしたら俺にもくれないか？」

そこにはなんと、彰寛本人が取り上げた美優のスマホを見ながら感心している。

いつ背後に回りこんだのだろう。忙しなく視線をめぐらせると、わずかに離れた物陰で二人の秘書が行儀よく〝待て〟をしていた。

「撮るのが上手くなったな、美優。まぁ、いつも失敗ばかりでもないか」

「あ……彰寛さ……じゃなくて、ふ、副社長っ、プリントって、なにを言って……」

「いいじゃないか。幼なじみだろ」

「いや、そのっ」

「美優の好きなケーキ奢(おご)るからっ」

「だからですねぇっ……」

会話のあいだにも取り上げられたスマホを取り返そうと手を伸ばすのだが、彼は造作もなくかわし、なかなか返してもらえない。

先程撮った写真ばかりを見ているのならいいが、何気に画像保存アプリを開かれでもしたら大変だ。

約八割、彰寛で埋まったそれを本人に見られてしまうなんて……羞恥(しゅうち)プレイの何物でもない……。

「毎朝毎朝、柱の陰に隠れてなにかやってるなと思えば、こういうことか。撮りたかったら声をかけてもいいんだぞ。ポーズとってやるから」

「いっ、いいえっ、そんな……めっそうもない」

「遠慮するな」

「そうおっしゃられましてもぉっ」

あまりの状況に頭がぐらぐらする。コッソリ彼の写真を撮っていたのがバレたのもそうだが、朝のエントランスで話しかけられた日には目立ってしまって仕方がない。

怖くて周囲を見回せないが、きっと彰寛に構われている美優を見て、なんなのこの女、という視線を向けている女性やら男性が多数いるだろうことが想像できるのだ。

なんといっても彼は、このニシナ・ジャパンの跡取りであり、古い体質が残る社風に改革のメスを入れ続けているカリスマ副社長。

昔から頭がよく人望もあって、常に美優の憧れの人だった高嶺の花だ。

「副社長」

一見おだやかなのに、そのトーンには棘（とげ）がある。彰寛と同じ方向に顔を向けると二人の秘書が立っていて、声を発したのは明らかに女性秘書のほうだ。

「そろそろよろしいですか？　本日はお時間が押しておりますので」

微笑みを崩さず進言する女性秘書は、目元をなごませたままチラリと美優を一瞥（いちべつ）する。横に立つ男性秘書が気まずそうにしているのを見て、美優はサアッと血の気（け）が引いた。

（どうしよう……お仕事の邪魔しちゃった……）

「ああ、そうだったか。悪かった」

彰寛は何食わぬ顔で美優にスマホを返すと、「それじゃあ」と軽く手を上げて歩いていく。二人の秘書もそのあとに続いた。

去り際の女性秘書に微笑みが消えた顔で一瞥された瞬間、美優の焦りは頂点に達する。

「……ねぇ……美優さぁ……」

「どうしよう、どうしよう、あかりちゃん、お仕事の邪魔しちゃったよ……」

あかりが話しかけようとしたのを無視……したわけではないのだが、自分の感情の盛り上がりが大きすぎて相手を優先させることができない。

美優は涙目であかりの両腕を掴む。

「そうだよね、出社直後なんて忙しいに決まってるのに、こんなことで足止めしちゃうなんて、わたし、わたしぃ……」

「落ち着け、落ち着けって、ええぃっ、もぉっ」

感情が先走るままに己の落ち度を口にする。そんな美優の腕を振りほどき、あかりはガシッと彼女の肩を掴んだ。

「今のは美優が悪いんじゃないでしょっ。副社長のほうから話しかけてきたんだよ」

「でも……」

「美優がスマホを返してもらおうとしても返してくれなくて、ポーズをとるからなんたらと、話を延ばしたのも副社長っ」

「でも……」

「でも、じゃないっ。誰がどう見たって、今の美優は悪くないのっ」

美優の戸惑いを、あかりはことごとく打ち破っていく。出す言葉を失くすと、肩から手を離したあかりがハアッと息を吐いた。

「美優さぁ……」

「うん……ごめん……」

一人で慌てていたので、きっと呆れたに違いない。どうして自分はこうなんだろう。自己嫌悪に陥りつつ怒られる前に謝る。……が。

「さっさと『好き』って言っちゃいな」

「なななっ、なにを言いだすのっ、あかりちゃんっ」

動揺再び。そんな美優を歯牙にもかけず、あかりは意見をつき進める。

「もう言っちゃっていいと思うよ。っていうかさ、言ってないほうが不思議っていうか」

「そ、そんな、おそれおおい……」

「なにが？　下僕じゃあるまいし。『おそれおおい』はないでしょうが。幼なじみなんでしょう？　昔から知ってる仲なんでしょう？」

「それだから、よけいに、だよ。あの人はなんでもできて素敵で……。ほんとに非の打ちどころがない人で、わたしなんか話しかけるのも申し訳ないような……」

「しょっちゅう絡まれているでしょうが。それも、私が覚えている限り、いつも向こうから声をかけてくるじゃない」

「それは……、知ってる顔を見かけたからつい声をかけてしまった……くらいのノリで……」

あかりはイマイチ料理の味つけが決まらないときのような顔をする。……そんな顔をされても、美優だって困ってしまう。

彰寛と美優は幼なじみだ。父親同士が親しく、家も比較的近い。六つ年上の姉がいる美優にとって、彰寛は六つ年上のお兄さんだった。

彼に兄弟はなく、そのせいか姉とは友だちのように、美優のことは妹のようにかわいがってくれた。

この会社に入社して二年。姿を見かけるたびに構われてしまうのは、幼なじみゆえの気楽さなのだろうと思うほかない。

彰寛にとって美優が幼なじみの妹的存在でも、美優にとって彼は初恋のお兄さんだ。なんでも知っていて頭がよくて、優しくて社交的で、常に人の輪の中心になれる人。

人見知りで消極的な美優にとって、まさに彼は高嶺の花だ。

「……仕方がないかぁ……」

諦めたと言わんばかりに、あかりはハアッと息を吐く。まだ美優がオロオロしているので気を遣ったのか、にこりと笑った。

「まあ、それが美優のいいところでもあるしね。謙虚、っていうの？　こう……自信過剰になりすぎないところ……というか……」

ハハハ……と笑い、またもやハアッと大きめの息を吐く。やっぱりなにか困らせているのかもしれない。

美優が心配で眉を寄せると、背中をポンポンと叩(たた)かれた。

「美優はさ……、もっと自信を持っていいと思う」

「あかりちゃん……」

　こんな話はここで終わりと再度美優の背中を叩き、あかりは共にエレベーターホールへ向かいながら話題の方向を今日の社食メニューに変える。

　友の気遣いをありがたいとは思いつつ、美優はどうしてもそれに応えられない。

　美優は、自分に自信がないのだ。


　輸出入の貿易業をメインに、日用品の自社開発をはじめ貿易代行業務を行う、株式会社ニシナ・ジャパン。

　美優は大学を卒業して入社し、貿易事務課に籍を置いている。昨年はなかった新入社員の配属があったことで、初めて先輩という立場に立たされた入社三年目である。

「あー、また朝陽（あさひ）グローバルの代行がきてる～」

　少々棘のある呟（つぶや）きにピクリと聴覚を動かし、美優は手元の書類を確認しながら付箋を貼っていく。

「あそこってさ、うちのライバル会社なんでしょう？　自分のとこにだって輸出部門あるじゃない。どうしてうちに輸出代行依頼が回ってきてるわけ？」

「……小口（こぐち）案件……だからじゃない？」

　どうやら独り言では終わらなかったらしく、そこに隣の席に座る同期女子の見解が入った。

しかしその意見は、ライバル会社に闘志を燃やす彼女に火を点ける。

「それこそ失礼じゃないの。大口だけ自分のとこでやって、小口をやらせるなんて」

「それでも、代行というからには手数料をいただいているから。ライバル会社といえど立派なクライアントですよ」

書類を手に二人のうしろに立って声をかけると、寄り添ってパソコンの画面を見ていたふたつの背中がビクッと跳び上がり、椅子がガチャガチャっと音をたてた。

当然、マズイものを見るようにかたむいてくる四つの瞳。そんなにオドオドしないでほしいと困り顔の美優を見るや否や、同期女子はスススッと椅子のキャスターを走らせ自席の定位置へ戻る。

椅子だけを回して「すみません、先輩」と言ってくれるのはまだいい。文句を言っていたもう一人、今春入社の新人、中谷萌果は強気の態度を崩さない。

見ただけで気が強そうと感じさせる大きな目をキッと見開き、美優を見る。

「でも美優先輩。おかしいと思いませんか？　ライバル会社が仕事を頼んでくるんですよ？　なにかよくない罠が張ってあるかもしれないとか、考えないんですか？」

「ライバルといっても同じ市場にいるだけで……。会社の規模が似通っているから、そう言われているだけだし」

「そんな悠長に構えていたら、ライバルに喰われちゃいますよ。この代行依頼だって、もしかしたらあとからとんでもない違法商品とすり替えられて、代行した会社がすり替えたんだ、なんて言われて大騒ぎにでもなったら、会社が潰れちゃいます。美優先輩、何年この会社にいるんですか」

突然の陰謀論。聞き耳をたてていたらしい男性社員があまりにも突飛な発想を聞いて噴き出す。

視界の端であかりがスッと立ち上がったのが見える。おそらくこれは、美優に向かって「何年この会社に」という言いかたをしたのが気に入らないのだろう。

あかりの叱責が入る前に美優はにこりと微笑み、手に持っていた書類を萌果の前に差し出した。

「そんな壮大な想定はしなくてもいいから。はい、さっき戻してもらった信用状。もう一度チェックしてみてね」

「それ、午前中に終わったやつですけど？」

「付箋を貼っているところ。誤記があるから。修正依頼はわたしのほうでしておくから、見落とした箇所をもう一度自分で確認してほしいの」

「あ……はい」

「誤記のひとつでも解釈違いが起こる。信用状にミスがあれば、買取銀行からの代金回収ができなくなることもあるから、チェックは一回じゃなくて常に自分の目が間違っているかもしれないと思いながら納得いくまで確かめて」

「はい……」

自分のチェックミスを指摘されたことで、萌果の勢いは衰える。

貿易事務は、とにかくひとつの案件に対して書類が多い。海の向こう、顔が見えない相手と品物のやり取りをするのだから当然だが、信用は絶対の条件だし手続書類のどれもが大切なものだ。

手続書類に対するチェックの重要性は、萌果が入社した当初から毎日うるさいと思われそうなほど繰り返した。

しかしそれだけ大切な書類なのだから、作成する側だって細心の注意を払う。実際ミスは少ない。それでも確認は大切なのだ。

最近チェック書類を持ってくるのが早いなとは思っていた。作業でミスを見つけたことがないせいか、少々目が滑りがちになっていたのだろう。

そういうときに限って、誤記が発生していたというわけだ。

こうして自分のミスをもう一度確認することで、改めて気が引き締まるものではないだろうか。

美優はそれを願って再チェックを指示したのだが、受け取った萌果は不満そうだ。

自分がやり終わっている仕事を見直せと言われて気分がよくなる人間はあまりいないだろう。

ただ、気分は悪くても、自分の失敗に気づいて前向きにとりかかれるか……意固地になるか……どちらかである。

あかりに目を向けると、彼女は美優の指示に満足したらしい。「よしっ」と片手で握りこぶしを作りつつ着席した。

美優も「よろしくね」と言って席に戻ろうとした、……のだが……。

「美優先輩って、副社長と知り合いなんですよね」

喧嘩腰（けんかごし）とも感じる口調で話をふられ、美優はとりあえず振り向く。

「お姉ちゃんが困ってましたよ。知人らしい女子社員がなにかと副社長と話しこむから、業務に支障が出る、って」

お姉ちゃん……と聞いて思い浮かんだのは、彰寛についている女性秘書だ。

ついでに萌果が入社時の挨拶で「副社長秘書、中谷喜代香（なかたにきよか）の妹です」と自慢げに言ったのを思いだし……、その姉に、今朝すごい目で睨（にら）みつけられたのも思いだしてしまった。

「少し控えたほうがいいんじゃないんですか。副社長はファンも多いし、お姉ちゃんみたいな女の人ならともかく、美優先輩なんかが仲よくしていたらいろいろと嫌がらせされちゃうかもしれませんよ？」

そのとき、勢いよく立ち上がる椅子の音が聞こえ、美優はハッとする。察したとおり、立ち上がったあかりが握りこぶしを固めて今にも怒鳴りだしそうな形相だ。

「そう見えるのかな？　わたしから話しかけたことは一度もないよ？　お姉さんに確認してね。確認、苦手かもしれないけど」

悪気で言ったわけではないが、確認がザルだと揶揄（やゆ）したようにとられたかもしれない。まだ聞き耳をたてていたらしい男性社員が大笑いをする。

表情を固めた萌果を捨て置いて、美優はダッシュであかりに駆け寄った。

「あかりさーん、ちょっとコーヒー淹（い）れてきましょうー」

あかりの腕に腕を回し強く引っ張る。何度か引き返しかける彼女をグイグイ引っ張りながら歩いて、なんとか給湯室にたどり着いた。

中央のテーブルに二人で両腕をつき、数回深呼吸をしあう。

「お……おちついて……あかり……ちゃん……」

「美優ってさ……へんなところで……馬鹿力だよね……。引きずられたわ……」

「いきなり立ち上がるからさぁ……、ひっぱたきにくるんじゃないかって……。焦ったぁ……」

「そのまま屋上まで引きずられて放り投げられるんじゃないかと思って、焦ったよ……」

「ほんと、正義感強いんだから……」

「ほんと、無自覚で怖いんだから……」

お互い、あまり会話が通じ合っていない。それでも顔を見合わせると、にこぉっと笑顔を見せあった。

「コーヒー淹れるか、美優」

「そうだね～。……あっ、でも、心配してもらっちゃったしな。自販機のジュースでも奢るよ」

「それはラッキーっ。じゃぁ、桃のジュースがいいな」

「桃……。あかりちゃんってさ、予想外にかわいい雰囲気のものが好きだよね」

見た目クールで実際もクールな彼女は、イメージ的にはブラックコーヒーか炭酸水でもあおっていそうな雰囲気がある。

げんこつのひとつでも降りかかってくること覚悟で言ったのだが、あかりはメガネの奥からパチンとウインクをした。

「そっ。だから、美優も大好きだよ」

……こういうとき、美優はいつも思う。

(なんだろう……このイケメンは……)

ときどき……。あかりが男だったらよかったのにと思ったり思わなかったり……。

「あ――――っ、もうっ、ほんっとに腹立つっ、あの地味女っ。終わってる仕事にケチつけてさ。ああいうのを小姑根性っていうのよ」

飲料の自動販売機が並ぶ休憩スペースを目指して歩いていると、小声だが憤慨するトーンが耳に入ってくる。

思わず二人そろって足を止めてしまったのは、それが萌果の声だったからだ。

「あんま大きい声で言わないほうがいいよ。先輩もオフィスから出てるんだし」

「コーヒー淹れに行くって言ってたじゃない。給湯室で地味にコーヒーすすってんじゃないの？　あ――、ババくさっ」

隣の席の同期女子と一緒にいるようだ。話の内容からして美優のことを言っているようだが、実質彼女とは歳も二つしか違わない。それで「ババくさ」はいくら美優でもちょっといやな言われようだ。

声はすれども姿は見えず。おそらく向かっている方向の突き当りを曲がった場所にいるのだろう。そこは休憩スペースだ。

ガコン……と機械音がする。彼女たちは飲み物を買いにオフィスを出てきたらしい。

「地味女のくせに副社長にベタベタして、って、お姉ちゃんも怒ってたもん」

別にベタベタしているつもりはないいし、いつも彰寛が美優を見つけて話しかけてくるのだから、女性秘書もそのあたりはよくわかっているのではないだろうか。

「でもさ、副社長も遠ざけもせず相手をしてあげてるってことは……、こっそりつきあってる、とかの可能性はないの？」

同期女子驚きの発言。しかし萌果は笑い飛ばす。

「そんなわけないでしょー。言い寄られて迷惑してるに決まってる。だいたい、あの、どこのモデルなんだ、ってくらいイケメンを極めた副社長とあの地味女、どこにお似合い要素があんの？　うちのお姉ちゃんのほうがよっぽどお似合い」

おかしなオーラを感じて横を見ると、鼻の上にしわを寄せてチッと舌打ちをするあかりがいる。足を踏み出しそうな気配を感じ、美優は慌てて彼女の腕に腕を絡めて動かないよう力を入れた。

「行こ行こ、地味女より早く戻らなきゃ、さぼってると思われてまた意地悪されちゃう」

「意地悪しそうな人に見えないけどなぁ」

「ああいうのが根が暗くて陰湿なのよっ」

二人の声が遠ざかってから、突きあたりまで行ってその先を覗(のぞ)きこむ。オフィスのほうへ消えたらしく、すでに姿はなかった。

「ベストタイミングで止めるよね。美優って」

「へへへ～」

おどけて笑い、美優は先に自販機の前に立つ。

「……地味女、か……」

目立つ人間だとは思っていない。さして光る要素もない。

自分が地味な人間なのも、彰寛に釣り合う女性ではないことも、……一番身に沁みてわかっているのは美優自身だ。

ガコン……と音がして横を見ると、隣の自販機であかりがさっさとジュースを二本購入してしまっている。

「戻るよ、美優。若者らしいものを飲みながら、仕事がんばろっ」

そう言って彼女が見せたのは、流行のエナジードリンクだ。

ババくさ、に対抗したのだろうか。ふんすっ、と自慢げに差し出す友にちょっと涙腺を刺激されつつ、美優は缶を受け取った。


美優が彰寛と初めて会ったのは、七歳のとき。

祖父の代から続く純日本家屋の谷瀬家の近くに立派な豪邸が建ち、それが仁科家で、父の古くからの友人の家だったのである。

『こんにちは。よろしくね、美優ちゃん』

彰寛の優しい微笑みと声は、美優の全身を溶けかけたわたあめのように甘重くし、感じたことのない鼓動を胸に刻ませた。

それが、初恋だったのである。

小学生の美優に、中学校の制服を着た彰寛はずいぶんと大人に見えた。姉も同じ歳ではあるが、普段大人だと感じていた姉よりも大きく落ち着いた存在に感じたのである。

そのころから彰寛は美優をかわいがってくれた。美優も彰寛に懐き、小学生のころは、もしかしたら姉よりも慕っていたのではないかとさえ思う。

姉は姉で中学校で彰寛と同級生だったこともあり、登下校が一緒になっていることもよくあって、仲よく並んでいる姿を見ては幼心に子どもっぽいやきもちを焼いたものだ。

しかし彰寛にとっての妹以上にはなれないことを美優が一番よく知っているし、胸に刻み込まれた事実なのである。

彰寛には母親がいない。両親はその理由を知っているのだろうが、美優は知らないままだった。

友だちの中には、両親が離婚をして片方の親とは離れて暮らしている子もいる。きっと彰寛にも、そんな理由があるのだろうから聞いてはいけない。

しかしあるとき、彼が美優に言ったのだ。

『美優ちゃんは本当にかわいいね。……俺には……妹がいたんだよ。……美優ちゃんと、同じ歳だった』

幼い美優の心は石を詰めこまれたように重くなった。

いたはずの母親も妹もいない。……二人とも、もうこの世にはいないのではないか。

そしてもしや、彼はいなくなった妹が美優と同じ歳だから、こんなにもかわいがってくれるのではないのだろうか……。

――わたしは、妹以上にはなれない……。

深く思い知らされた瞬間だった。

だからといって拗ねて彰寛を無視するほど、美優は聞き分けのない子どもではない。その日から、美優にとっての彰寛が手の届かない高嶺の花になっただけだ。

父親同士の交流があるように、子ども同士でもお互いの家へ遊びに行った。

そうやって仲のよい交流があることを知れば、不思議に思う者も出てくるかもしれない。萌果などが知れば「副社長は騙されてるんだ、お姉ちゃんに言わなきゃ」と大騒ぎするに違いない。

なんといっても美優の家は……。

ニシナ・ジャパンのライバルといわれている、朝陽グローバルの経営を担っているのだ。

「ただいま帰りました」

玄関の引き戸に手をかけるとなめらかに開く。最近メンテナンスをしてもらったおかげで、音があまりしなくなった。

閑静な住宅街に建つ日本家屋なので、間違って勢いよく玄関を開けてしまった日などは、その音の大きさに自分自身が驚いてしまったものだ。

玄関先に男性物の靴を見つける。父のものではないのでお客様だろうかと思ったとき、廊下の奥から古参のお手伝いさんが小走りにやってきた。

「おかえりなさい、お嬢さん。仁科様のご子息様がいらっしゃっておりますよ」

報告にドキンと鼓動が高鳴るものの、浮かれたところを見せるわけにもいかず、美優は靴を直すついでに一人密(ひそ)かに表情を引き締める。

姉の靴も並んでいる。立ち上がりながらお手伝いさんに問いかけた。

「姉さんも、帰ってます?」

「はい。途中で会われたとかで、仁科様とご一緒に帰ってらっしゃいました」

「それならすぐご挨拶に行かないとね」

にこりと笑顔を作り、居間へ向かう。一応客人扱いではあるものの、親しい間柄である仁科家の人間は応接間などではなく当然のように家族の憩いの場に通される。

「あっ、おかえり、美優」

向かう途中の廊下で声をかけられる。立ち止まると、振り向く前に湯気の立つコーヒーカップがのったお盆を差し出された。

「彰寛が来てるから、持っていってあげてね」

そう言って微笑むのは、美優の姉、美咲(みさき)である。

六つ年上の三十一歳。現在、朝陽グローバルにて父である社長の秘書として活躍中だ。

取引先からは有能秘書としての誉れも高く、おまけに目を引く知的美人。媚びないパンツスーツ姿がかっこいい。

彰寛の女性秘書も美人だが、同じ美人でも姉のほうがずっと上だと思う。

向こうの姉妹を見れば顔も性格も似るものなのかと思うが、どうしてこの人の妹が自分なのだろうと不思議に思うレベルの才女である。

「あ、でも、飲み物を持って行くなら先に手を洗ってこないと……」

「それなら早く洗ってきて。ここで待ってるから」

「コーヒー冷めちゃうよ？　姉さん持っていってあげたらいいのに」

「手洗いに何十分かける気？　それにね……」

美優よりも十センチ高い一六五センチ。その高さから美優を見おろし、いいこと教えてあげると思わせぶりな顔をする。

「私はこれから、かわいい妹のために美味しいミルクティーを淹れる予定なの」

「すぐ洗ってくるっ」

「早くねー」

姉のミルクティーは美味しい。美優は紅茶独特の風味が苦手なのだが、姉が淹れてくれるミルクティーは大好きなのだ。

幼いころ親戚に「紅茶が苦手なんて、女の子なのに珍しい」と笑われて以来、よけいに苦手になった。しかし訪問先で出されて飲まないわけにもいかず、無理して平気な顔で飲んでいた。

高校であかりと友だちになってから、彼女の「苦手なのに飲む必要ないよ。どうしても義理立てしなきゃなんないなら、笑われてもいいから砂糖どっぷり入れて甘さでごまかしな」という男らしい意見に感動して、無理して飲まなくなった。

その後、ミルクたっぷりの優しいミルクティーをあかりが作ってくれて、姉が作ってくれるものと同じくらい好きになった。

素早く手を洗って姉の元へ戻り、渡されたお盆を持って居間へ向かう。

「失礼します」

美優の声に気づき、大きな座卓の前で胡坐(あぐら)をかいてスマホを見ていた彰寛が顔を上げた。

「あれ？　美優、いつ帰ってきた？」

「ついさっきです。気がつきませんでしたか？」

「わからなかったな……。たいてい美優が帰ってきたときはわかるのに」

彰寛の横に両膝をついて座卓にコーヒーを置くと、いきなり腕を引っ張られる。

「本物の美優だよな？」

「ははははっはいっ、そうですっ、美優です、コーヒーこぼれますっ」

とは言っても、掴まれたのはコーヒーカップを持っていたのとは別の腕で、カップはすでに置いてしまっている。

腕を引っ張られたせいで身体がかたむき、顔が近い。会社にいるときとは少々息を抜いた雰囲気のご尊顔が、独り占め状態で美優の真ん前にある。

「そうだな。こんなかわいい子が美優じゃないわけがないな」

手を離してくれたのはいいが、言葉が返せない。社交辞令で褒めてくれているのはわかっているのだから、「そんな冗談ばっかり言う」と笑えばいいだけなのに。

わかっていても……。彰寛に「かわいい」と言ってもらえたことを嬉しがる自分がいて、胸の奥に広がるこの甘酸っぱくて温かい感触を笑い飛ばして否定したくないのだ。

「やっぱり、玄関のドアを直したせいだな。開けかたで美優がわかるのに」

「そんな特徴のある開けかたをしていましたか？」

「うん。開いた瞬間、美優でーす、って音がする」

「なんですかそれはぁ」

美優がクスクス笑うと、彰寛も微笑んでコーヒーカップを手に取った。

「このコーヒーは、美優が淹れてくれたの？」

「あ、いいえ、姉が。ちょうど帰ってきたときに会って、これ持っていってって」

「そうか、残念だったな。美優のコーヒーが飲みたかった」

「姉が淹れたほうが美味しいですから」

「どうして？」

「どうしてって……実際そうだし……」

「俺は、美優のコーヒーが美味しいと思う」

——気を遣わなくていいですよ。

そう言って笑い飛ばせばいいのに……。

どうして、彼を目の前にするとできないんだろう。

「ちょっと、なに？　うちのかわいい妹を困らせないでくれない？」

美咲が居間に入ってくる。座卓にお盆を置き、純和風の室内には不釣り合いなほど華やかなティーカップを美優の前に進める。いまだに掴んだまま離していなかった彰寛の手をぺしっと叩いた。

「美優にさわるときは私の許可を取ってちょーだいっ。わかった？　彰寛っ」

「美咲は美優の保護者か」

「そーよ。美優はおとなしくてかわいいからね～」

その場に腰を下ろした美咲が、ぎゅむっと美優を抱きしめる。中腰だった美優はバランスを崩し、抱き寄せられるままに美咲の胸に収まってしまった。

「いいなぁ……。俺も美優をぎゅっとしたいな、子どものときみたいに」

「あらぁ～、今やったらセクハラですよ～。仁科副社長～。なんてったって、美優はそちらの会社の社員ですからねぇ～」

「ぐぬぬっ……、美咲、おまえ、なにがなんでも美優にさわらせない気だな」

「不逞の輩からは私が守るって決めてんの。小さいときから美優を守ってきたのは私ですからね」

「そういうのを過保護っていうんだぞ」

「過保護で結構。かわいい妹に構って責められる筋合いはないわ」

幼なじみ同級生同士の羨ましいくらい砕けた会話を耳にしつつ、美優はチラチラっと二人を交互に見ていく。

（お似合いだな……。いつ見ても）

美男美女とはよく言ったもので、まさしく並んで絵になる、なりすぎる二人である。

幼なじみで同級生で。お互いのことはとてもよく知っているだろう。

これだけ美人で性格もよくて仕事もできる姉なのに、恋人の気配というものを一度も感じたことがない。

それは彰寛のほうも同じで、もしかしたら美優が気づけなかっただけかもしれないが、いなければいいなという願望が、彼の恋人いた説を否定する。

こんなにも近い二人に浮いた話がないとなると、もしかしたらお互いに想い合っているから特別な人を作らないのかと……勘ぐってしまう。

「姉さん……、ミルクティー飲みたい」

ささやかながら塗っているファンデーションが美咲のブラウスについてしまっているのではと焦りも半分、美味しそうなミルクティーの香りに誘われて言うと、やっと姉の胸から解放された。

座り直した美優に、ティーカップを手渡ししてくれる。

「はい、どうぞ」

「ありがとう、姉さん」

カップを受け取って口に運べば、その様子を美咲がずっと眺めている。「美味しい」と笑顔で言うと、姉の微笑みは二倍になった。

「世の中には喧々囂々（けんけんごうごう）としている姉妹だっているのに、本当に仲がいいな」

コーヒーを喉に通したあと、彰寛は美優の顔を覗きこむ。

「美優は不満だったりしないの？　こんなベタベタベタベタくっついてくる姉さんで」

「そんなことないですよ。子どものころからいろいろ助けてもらったり教えてもらったり、すごく頼りになる姉です。頭もいいし、美人だし。……昔から人の輪の中心になれる人で、本当に……尊敬しかない。……どうして、こんなすごい人が私の姉さんなんだろうって……考えちゃうくらい……」

姉の尊敬できるところを口にしているだけなのに、言えば言うほど、どことなく自分が情けなくなってくる。姉に比べて自分は……。そんな気持ちが大きいからかもしれない。

「美優……」

心配げな美咲の声にハッとする。こんな態度をとってはいけない。美優は笑顔を繕って美咲を見た。

「いつか、姉さんが困ったときには力になるから言ってね。頼りなくて申し訳ないけど」

「そんなことないよ。なに言ってるの」

せっかく離れたというのに、美咲はまたもや美優を自分の胸に押しつける。再びブラウスに付着したであろうファンデーションはシミになったりしないだろうかと不安になったとき、もっと不安そうな顔をした彰寛が割りこんだ。

「あのさ……、もしかして美優をデートに誘おうと思ったら美咲の許可がいるとかある？」

「当然でしょう。なにを言ってるの。特に彰寛、君が無理やり誘ったりしたらセクハラだからね」

「またそれか。こういうのはさ、本人の意思が大切だろう。な？　美優」

「駄目ですよ、副社長」

彰寛はここぞとばかりに美優に振るが、速攻姉を真似(まね)て否定する。

まさか美優にまで突き離されるとは思っていなかったのか、彰寛は眉を持ち上げで表情を固めた。

「姉さんのお許しが出たって、一緒になんて歩けませんよ。誰かに見られでもしたらどうするんです。大騒ぎになります」

特に秘書課あたりで……。心の中で付け足す。

駄目出しはしたものの、後ろ髪を引かれないわけではない。

学生のころまでは、二人でカフェでお喋(しゃべ)りをしたり、図書館で勉強を教えてもらったり、映画に連れていってもらったり、プラネタリウムに行ったり……。デートではないが二人で出かける機会はあった。

彰寛が仕事をするようになってからは、家族をまじえた食事会などはあったが、二人で出かけるようなことはなくなっていたのだ。

なぜいきなり、誘いたがっていると誤解をしてしまいそうなことを言いだしたのだろう。

「そういえば、姉さんは帰ってくるのが早いし、彰寛さんも妙に早くからうちにいるし。……もしかして、なにかあるんですか?」

美優が顔を上げると、やっと美咲の腕が離れる。姉は珍しく一瞬戸惑い、わずかな笑みを口元に作った。

「実はね、父さんに呼ばれたの。……なにかしらね。言いたいことがあるなら会社で言えばいいのに」

確かにそうだ。しかし、その場に彰寛もいなくてはいけない話だから、彼もここに呼ばれたのではないのだろうか。

美優はなにも言われていない。ということは、その場に美優がいる必要はないということ。

(姉さんと……彰寛さんがいなくちゃできない話……)

心が、ザラリとした不快感に襲われる。

いやな予感を、美優はミルクティーとともに呑みこんだ。


その日の夜、美優は父の書斎に呼ばれた。

二人そろって待機していた彰寛と美咲は、あのあと仁科家へ呼び戻され、そこでなにか話し合いがあったらしい。

その内容を美優にも告げられたのだが、とても衝撃的な内容だった。

朝陽グローバルはニシナ・ジャパンと経営統合し、いずれ吸収合併という形をとることになるらしい。実質、朝陽グローバルという会社はなくなるということだ。

父の会社の仕事が少しずつニシナ・ジャパンに回っていたのは、この先のことを考えてのこと。

面倒な小口案件だからではない。輸出者を見て美優だけがわかることではあったが、委託される案件のどれもが朝陽グローバルと古くからつきあいのあるクライアントだった。

小口の優良企業ばかりで、決してつきあいをおろそかにはできないものだ。それらを任せながら、少しずつ引き継ぎの形をとっていたらしい。

朝陽グローバルの社員は、これからどうなるのだろう。合併の時期は決まっているのだろうか。

いろいろと気になることはあるが、それらをしのぐ報告が思考の優先順位を占拠する。

両社を結び付ける。その意味を込め。

――彰寛と美咲が、婚約するという話だった。


「……なに……それ」

箸を止め、あかりは眉を寄せる。すぐに美優が言葉を続けられなかったせいで、二人のあいだに沈黙が落ちた。

お昼どきの社員食堂は、それなりに騒がしい。話し声や食器の音、椅子が動く音、入れ代わり立ち代わり出入りする人の気配だけでもにぎやかだ。

そんななか、二人が座る空間だけ、空気が止まっている。

これではまるで、にぎやかなカフェで別れ話をしている恋人同士だ。止まっていた箸を無理に動かし、美優が口火を切る。

「……だからね、そういうこと。……うん……まぁ、……決まるべくして決まった話かな……って気はするんだよね」

なにを目指したらいいのかわからないままに箸がさまよう。迷い箸に見えてみっともない。ご飯でもお味噌汁でも鳥の照り焼きでもサラダでも、どれでも美味しいのに、箸は美優の心そのままにさまよい、どこにも着地してくれない。

落ち着いて話しているつもりでも、それだけ気持ちが安定していない証拠だ。

美優の日課は、出社後、エントランスに彰寛が現れるか見に行くことだ。それなのに今朝は、早出をしたうえに始業時間までずっとオフィスで仕事をしていた。

当然、そのおかしさを悟ったあかりに問い詰められたのである。

お昼休み、社食で照り焼き定食を前に、彰寛と姉の婚約を聞かされた話をしたのだ。

「あの二人……昔からお似合いだったから……。ほんと、なんの不思議もないんだよね……。そうやって、わかってるのにさ……」

箸先はお味噌汁の中へ沈む。しかし左手は動かず、ただ上澄みを濁らせただけ。その様が、モヤモヤしたものが胸に広がっていく自分のようで、美優は息が詰まる。

「今朝はね……、姉さんに会うのがなんとなく気まずくて、顔を見られなくて、早く出社したの。気まずいなんてわたしが一人で思っているだけで、姉さんはきっと、仲がよかった彰寛さんとの婚約が決まって、晴れやかな気持ちでいると思う。……それなら、ちゃんと顔を見て『おめでとう』って言ってあげたらいいのにね……」

悪い話ではない。祝福してあげればいいのに、美優はそれができずただ気まずさだけを自分の中に溜めて逃げてしまった。

「いやな妹だよね……。お祝いもしてあげられないなんて……」

上澄みを淀ませたお味噌汁に口をつけることもできないまま、美優は箸をお椀の横に置き、深く長いため息をついた。

「好きな人が自分に近い人の婚約者になって、喜んで笑う人はいないんじゃないの？ ……美優は……お姉さんを気遣って笑っちゃいそうだけど。でも、そうやって自分に正直になって逃げたって聞いて、ホッとしてる」

「正直……。そうかな」

「ひとつ正直になったついでにさ、好きだって言っちゃいなよ」

美優は目を大きくしてあかりを見る。ここは、つらいことだけど現実を見て、彰寛への恋心は忘れていこう……と結ぶべきところではないか。

「結局言えなかったなぁ、って、あとからウジウジするよりさ、いっそ、当たって砕けたほうがスッキリしていいんじゃない？　新たな気持ちで祝福できるかもよ」

話しながら、あかりは鳥の照り焼きを口に運ぶ。彼女の意見に対する美優の反応を待っているのか、メガネの奥から切れ長の双眸（そうぼう）を向けながら食べ進めた。

「それとも……、それを知ってアッサリ嫌いになれた？　諦められた？　忘れる自信がある？　そのうち諦められるだろうとか思ってる？　そのうち、っていつ？　美優は、なにか大きなきっかけがあるまでずっと引きずっていそう」

美優をわかりすぎていて怖い。確かに、なにか大きな転機がないと彰寛への恋心を忘れるなんて無理に等しいだろう。

だからといって、婚約者が決まった人に当たって砕けろ……というのも、砕けることを前提にしすぎていてすごい意見だ。

「あかりちゃんらしいなぁ……」

美優はクスリと笑ってしまう。

駄目なのをわかっていても、美優が少しでもスッキリとした気持ちになれるように。そう考えて、あかりは言ってくれているのだ。

「そうだね。言ってスッキリしてもいいかもね」

弱々しくとも笑顔で口にすると、あかりの綺麗な眉がちょっと下がる。

「今度……顔を見たら言っちゃおうかな。……今朝は、逃げちゃったけど」

「美優……」

「スパッと言って、スパッとふられて、そうしたら……祝福できるかな。大好きな二人のお祝いを、最初から素直にできないなんて、なんかもう、わたし、どれだけ情けないんだって思うけど……」

それがいい……。そうすればきっと、諦めもつくだろう。

すぐには……無理かもしれないけれど……。

「あっ、副社長じゃない？」

「ホントだ。今日は社食でお昼かな」

二人だけの会話空間が〝副社長〟に反応する。無意識に身体が震えた美優の視界の片隅に、背の高い男性の姿が入りこんだ。

「わ……わたし、先に行くね」

「え？　美優？」

美優はトレイを手に、物陰に隠れながらカウンターの返却口へ向かう。あまり手をつけられなかった昼食のトレイを「ごめんなさい」と呟きながら置き、人の動きに紛れながら社食を出る。

こんなとき、身長があまりないのも便利だなと思ってしまった。

ホッとひと息ついて歩きだそうとした……とき。ポンッと肩に手を置かれる。

「谷瀬美優さん、ちょっといいかな」

彰寛だ。本来ならばドキンと鼓動が高鳴るところだが、時期と場所が悪い。鼓動の高鳴りは息苦しさを生み、社食に出入りする社員たちの視線が気になって冷や汗が出てきた。

美優は振り返って、彰寛の顔を見ないまま素早く頭を下げる。

「あ……あの件でしたら、伺っております。大変いいお話だと思います。また改めて、ご挨拶をさせていただきますので……」

絶対に婚約の話だ。察しをつけた美優は当たり障りのない対応をし、勝手に会話を終わらせて速足で彰寛から離れる。

（ああ、もうっ、あかりちゃんにはあんなこと言ったけど、やっぱり無理……！）

当たって砕けろ。いい案だとは思うが、今のは場所も悪い。言えるはずがない。

おまけに決心しかかったところに早々と現れる彰寛も、タイミングが悪すぎる。せめてもう少し、決心を定着させる時間が欲しい。

動揺しているせいで、妙に人の目が気になる。彰寛に呼び止められたことも話していたことも、なにも知らない人しかいないところへ身を隠したい。

美優の脚は逃げるように人けのない階段をのぼりはじめる。社食は二階、そこから六階のオフィスまで駆け上がろうとしたが、三階をすぎたところでスピードが落ち……、そして……。

「美優！」

四階の踊り場で、——彰寛に捕まった。

「逃げるな！」

それも彼は、うしろから美優に両腕を回して抱きとめてくる。あまりにも近くに彰寛を感じすぎて、美優は膝がガクガクと震えてきた。

「昨日の話、知っているんだな？　そのことで話が……」

「お……おめでとう……ございますっ……！」

息切れしたせいか、それともこの体勢のせいか、声が途切れ裏返る。おかしなトーンのまま、美優は言葉を続けた。

「す……すごく……いい、お話だと……思い、ますっ……。わたしも、聞いてから……ずっと、嬉しくて……、なんというか……」

「聞け、美優。俺は……！」

「素敵なお兄さんが、できるな、って……！　あき……彰寛、さんが、本当にお兄さんになるんだ、って……。嬉しくて、わたし……！」

……なにを言っているんだろう……。

嬉しいなんて、思わなかったくせに。

祝福しなくてはいけないことなのに。

大好きな二人が、婚約して結婚する。とても喜ばしいことなのに。

（わたし……嘘つきだ……）

「おめでとう……ございます……」

喉の奥から絞り出す声は、泣き声だった。

それ以上声を出せない。嗚咽(おえつ)が込み上げていて、口を開いたなら泣き声をあげてしまいそう。

「……それは、美優の本心か？」

問いかける声が悲しげに聞こえるのは、気のせいだろうか。もしかしたら彰寛は、美優が美咲との婚約を知って「つらい」と言うのを期待しているのでは……。

（そんなはずはない……）

それは、願望だ。

彰寛に、少しでもいいから美優を特別に想う気持ちを持っていてもらいたかった、という……。卑屈でいやらしい妄想だ。

あかりが言うとおり、これでは本当に〝むっつり〟ではないか。

「おめ……でと、ございま……」

その言葉しか出なかった。途切れる小声はあまりにも惨めで情けない。

当たって砕けろ、どころではない。当たってもいないのに、砕けすぎだ。

彰寛が美優から腕を離すと、震えていた膝が力を失い頽(くずお)れてしまいそうになる。美優は両腕で階段の手すりにしがみついた。

気がつけば涙がボロボロこぼれて止まらなくなっている。きっと、自分は今とんでもなくみっともない顔をしているだろう。

このうえ、さらに醜態をさらしたくない。美優は手すりを掴みながら階段を下りはじめた。のぼる気力がなかったのもあるが、少しでも早く彼の前から姿を消したかったのだ。

背後でスマホの着信音らしきクラシック音楽が鳴り、彰寛が応答した気配がする。

追ってくる気配はなく、ホッとしたような悲しいような。複雑な気持ちでいると、三階に下りたあたりで美優のスマホから通知音の気配がした。

階段とフロアの境目にある大きな柱の陰で、ハンカチとスマホを同時に出し、目や鼻を押さえながら確認をする。

美咲からのメッセージだった。

〈私の力になってくれる？　美優にしかできないことだから〉

なんのことだろう。なにか困ったことが起きたのだろうか。

今朝は自分勝手な気まずさで姉を避けてしまった。なにか相談があったのなら、避けるなんて大人げないことをするべきではなかった。

後悔しつつ返信しようとしたとき、またもやメッセージが入る。

〈彰寛をよろしくね〉

「え……？」

思わず不審げな声が出た。

なんのことだろう。姉はいったい、なにが言いたいのだろう。

メッセージでは埒が明かない。美咲に電話をしようとした、そのとき……。

階段の上から、パンッと……床を蹴るような大きな音。……そして……。

ゾゾゾッ……と、足元から這い上がってくる焦燥感とともに……。

――人が……落ちてきた……。

＊＊＊＊

美優を追おうとした彰寛を引きとめたのは、スマホの着信音だった。

着信音、とはいっても、通話ではなくメッセージのほうだ。

開くと、とても嬉しいメッセージが入っている。

〈おかしなことになっているけれど、美優はあなたが好きですよ〉


美優におめでとうを言われてくじけかかっていた気持ちが、体勢を立て直しはじめる。

そうだ。こんなところでくじけて堪るものか。これからなのだ。

これからに……かかっているのだ……。


〈美優を、よろしくお願いします〉


続けて入るメッセージにOKスタンプを返すという茶目っ気をみせ、彰寛はスマホをスーツのポケットに戻す。

「美優……」

幼いころから、ずっとかわいがって、見つめ続けてきた女の子。

消極的ではあるが、気配りができて優しい、とても素直ないい子だ。

いつも美咲の陰に隠れ、そのことを善しとしている。

「……よくない……」

彼女は、できすぎる姉の陰で、自分というものに気づけていない。彰寛のことにしてもそうだ。

「もっと……俺におまえを見せてくれ……」

彰寛はゆっくりと下り階段に足を踏み出す。

「美優……」

宙を見る彼の目に映るのは、振り返って笑いかけてくる美優の姿。

かわいくて優しい……彼の……。

「……美優……」

――つま先が床を蹴り……、彼の足が階段から浮いた……。

＊＊＊＊＊

ほんの刹那。

その場は瞬間冷凍のごとく凍りついた。

しかしすぐに「救急車！」という叫び声で解凍されたのである。

とたんに起こる悲鳴。叫び声、人が走る足音でいっぱいになる。

「人が階段から落ちたって⁉」

「救急車！　誰か！」

「副社長!?」

「うそっ！」

大きな音とともに階段から落下してきたのは彰寛だ。転がり落ちたのとは違う……。まさしく、落下した、ような大きな音だった。

……まるで、美優がいる場所めがけて飛びこんできたかのよう、彼女の足元に、うつ伏せになって倒れている。

ピクリとも動かないその姿を見て、やっと美優の思考が動きはじめる。

「……ぁ……ぁ、ぁき、あきひろさっ……！」

動揺のあまり名前を呼びながらかがみこんだ美優は彰寛の背中を揺さぶろうとする。すると、その手を素早く掴まれた。

「揺すっちゃ駄目だよ！　頭を打っていたら大変だから！」

あかりだった。おそらく美優を心配して食事もそこそこに追ってきたのだろう。思い返してみると、最初に「救急車！」と叫んだのは彼女の声ではなかったか。

「すぐに救急車がくるから。きたら、美優が付き添って行きな。課長には私が言っておくから」

「わたしが……？」

「幼なじみでしょう」

自分が付き添っていいのだろうかと思いつつ、焦燥するせいで他の考えが浮かばない。

その後、すぐに彰寛の父親である社長とは連絡がついたが、社外に出ているため早急な対応ができない。社長直々に、美優に付き添いのお願いが出された。

救急車が到着したとき、遅ればせながらやってきた中谷喜代香はなにか言いたそうだったが、社長命令でもあるので口を出すこともできない。

美優は、そのまま病院へと向かったのである。

――数時間後。

美優は病院の個室で静かに眠る彰寛のかたわらにいた。

病院に到着し彰寛が検査に入っているあいだ、美優は美咲に連絡をつけようとした。

二人は婚約者同士だ。真っ先に知らせなくてはならないだろう。それに、お昼にもらったメッセージの意味も聞きたかった。

しかし、何度かけても美咲に繋がらない。仕事中だからだろうかと思ってメッセージに替えても既読もつかない。

とにかく彰寛が病院に運ばれた旨をメッセージに残し、連絡を待つことにしたのだが……。

美咲からの連絡は、まだない。

(姉さん……どうしたんだろう)

腕時計を確認すれば、定時はとっくに過ぎている。もしかして彰寛の父から連絡をもらい、直接病院に来るつもりなのではないだろうか。

「ん……」

小さくうめく声にハッとして、座っていた椅子から腰を浮かせベッドに横たわる彰寛を覗きこむ。

「彰寛さん……?」

小声で呼びかけてみるも、彼が目を開く気配はない。ただ少し首が美優のほうを向いたせいで椅子に腰を下ろしても彼の顔が見やすくなった。

幸いなことに、彰寛は軽い打撲程度の外傷にとどまった。その他にも特別異常はみられず、目を覚ましてみなくてはわからないが、おそらく疲労で眩暈(めまい)を起こし、誤って階段から落ちてしまったのではないかということ。

彼の寝顔をジッと見つめてみれば、確かに少々疲れているようにも見える。

いつもハツラツとした彰寛の姿しか見ていないせいで忘れていたが、彼は会社のために新しい事業や社内改革案をどんどん打ち出し、精力的にそれを進めている。

輸入代行業も、彼の案だと聞いた。

しかし昔からの社風を重視していた一部の役員はあまり納得していないらしく、ひとつ行動を起こすたびに、彼らへの説明や理解を得るための努力に奔走していると父に聞いたことがある。

そんな気苦労が多くては、さぞ疲労も溜まっていたことだろう……。

どんなに大変な思いをしても表には出さず、会社の未来のために尽力できる人。

だからこそ、父も、朝陽グローバルを委ねてもいいと思ったのかもしれない。

谷瀬家は娘が二人で跡取りがいない。

長女である美咲の優秀さは、一緒に仕事をしている父がよく知っているだろう。長女に婿をとらせて会社を任せればいい、そんな考えもあるが、会社を任せてもいいと思えるような男が彰寛しかいなかったのかもしれない。

そう考えれば、彰寛と美咲が結婚することは、ふたつの会社の未来のためにとても有益だ。

そして、お似合いの二人のためでもある……。

考え進めるうち、ズキンと胸が痛む。その痛みが消えやらないうちにノックの音が聞こえ、すぐに病室のドアが開いた。

「美優、お疲れ。大変だったな」

「大丈夫？　美優。おなかすいたでしょう？」

入ってきたのは両親だった。ドアを開けた父より先に飛びこんできた母は速足に美優に駆け寄り、娘の前にかがんで両腕に手を添える。

「驚いたわよね。大丈夫？　なにか買ってきてあげようかと思ったんだけど、お父さんが帰りに食事に行けばいいっていうから……。大丈夫？　せめてなにか飲む？」

「わたしは大丈夫だよ、お母さん。心配しないで。おなかも……、すいてるんだかすいていないんだか……

よくわからないから」

美優が笑顔で答えたので、母はうんうんとうなずきながら美優の髪を両手で撫でて立ち上がる。こうして美優に構う姿は、美咲とよく似ている。

母も昔は父の秘書だった。帰国子女で、六ヶ国語に精通している。その当時、父は母に外国語を指導してもらったことがあるそうで、そのときの名残(なごり)なのか少々妻に頭が上がらない人である。

母が美優の前から退くと、今度は父が寄ってきた。

「仁科さんから話を聞いて驚いた。美優が付き添っているというので、様子を見にきたんだ」

「お父さんもお仕事で疲れているのに。ありがとう」

「いやいや。今日は金曜だし、役員会で飲みに誘われていたから、断る口実ができてよかった」

ちょっと眉を下げて苦笑する父は、あまりアルコールが得意ではない。それでも接待や会食で飲まなくてはならないことが多いし、お酒好きの役員からは週末となれば誘いが入る。

やんわりと断り続けるのも、結構大変だろう。

そう考えると……。まさか……週末のお誘いを回避したいばっかりに、吸収合併を視野に入れたのでは
……などと口に出したら怒られそうな勘繰りをしてしまった。

「すまなかったね、美優ちゃん。長い時間付き添ってもらって」

父のうしろから高身長の紳士が出てきたのを見て、美優は思わず腰を浮かせる。

「あ……社長っ……」

「社長じゃなくていいよ。仕事は終わったからね。いや、美優ちゃんが現場にいてくれてよかった。私も安心できた」

彰寛の父親である。昔から知っている顔だが美優にとっては社長でもあるので、つい社員としての顔が出てしまった。

「過労で倒れたのでは……と、医者に言われた。ずいぶん無理をしているのは私も知っていたから、……我が息子ながら、思いこんだらまっしぐらな男でね……少し、落ち着かせるべきだったよ……」

横たわる彰寛を見ながら口にする言葉には、社長としてのねぎらいと父親としてのいたわりが混じっているような気がした。

彰寛の仕事ぶりに関しては、美優よりもずっと詳しいだろう。

「あれ……？」

ふと、おかしなことに気づく。

なにかが足りない気がする。この場にいなくてはいけない人が、いない。

「お父さん……、姉さんは？」

彰寛が病院に運ばれたことを父が知っているのなら、当然姉も知っているだろう。美優もメッセージを入れている。

それなのに、美咲の姿がない。

美優の問いかけに、父はなぜかまぶたをゆるめる。それどころか仁科の父親まで苦しげな表情をした。

「……いなくなったの。美咲」

答えてくれたのは母だが、その言葉を瞬時に理解できないまま、美優は顔を向ける。

「美咲、恋人がいるんですって」

「えっ⁉」

思うより大きな声が出てしまい、美優は慌てて自分の口を押さえる。静かな病室だからなのか、声が妙に大きく響いた気がした。

「恋人がいるのに婚約なんかできない、って。……わかってくれるまで帰らないからって」

そこまで言って言葉を止めた母の話を、父が引き継ぐ。

「今朝いきなり、有給をもらいます、って置き手紙をしていなくなった。美優も早くに家を出たようだったが、会わなかったかい？」

美優は黙って首を振る。美咲よりも早く起きて出社したつもりだったのに、それよりも先にいなくなっていたらしい。

「手紙には、ずっと付き合っている人がいて、結婚したいと書かれていた。私たちに紹介したくても、相手はうちの会社を継げる人ではないから、婿養子としても対象外にされてしまうだろうと考えて言えなかったらしい。……美優、美咲に恋人がいると……知っていたかい？」

美優は先程よりも激しく首を横にふった。美咲に恋人の存在があったなどまったく知らないし、恋人の気配を感じたこともない。それどころかどうしてこの姉に浮いた話のひとつもないのだろうと、逆に不思議だったくらいだ。

その疑問は、昔から彰寛のことが好きだから他に目がいかないのだと、勝手な解釈をしていたのだが……。

(姉さんが好きな人って、彰寛さんじゃないの……？)

「昨日、婚約の話をしたとき、なんとなく様子はおかしかった。どんなこともまずは前向きに受け止めてくれるはずの彰寛が考えこんで、……美咲さんは、珍しく慌てていた……」

昨夜の様子を語り、仁科の父は苦しげに眉を寄せる。

「……彰寛に恋人のこの字もないことは私がよく知っているが、美咲さんのことまではわからなかった。……婚約の話を、彼女の気持ちを聞きもせず勝手に決めてしまって、申し訳なかった……、もう少し、配慮するべきだった」

美咲に配慮をみせる仁科の父親に、谷瀬側も続く。

「一緒に仕事をしていても、娘のそんな特別な様子に気づいてやれなかった私も悪い。こちらこそ、申し訳ない……。本当に、彰寛君になんと言ったらいいか……」

「いや……、私が女性の気持ちを考えられないから……。思えば、妻がいたころもそれでよく怒られて……」

「いやいや、私など、いまだに怒られて……」

だんだん話が別の方向に切なくなっていく。おかしな気配を感じて顔を向けると、口元は笑んでいるが半眼になった母が、なにを言うつもりですか、とばかりに父を睨みつけている。

これは、父が怒られてしまう前に止めたほうがいいだろう……。

「み……ゆ……」

しかしそのとき、美優の聴覚は過敏にかすかな声をとらえる。そばにいる母が驚くほど勢いよく彰寛に顔を向けた。

彼がかすかに目を開けている。それも、片手を美優のほうへ伸ばそうとしているのがわかる。

「み……ゆ……」

美優を呼んでくれている。——勘違いかもしれないけれど、そう思いたい。

「彰寛さん？　美優です。……気がつきましたか……」

枕元で身をかがめ、大きな声を出しすぎないよう気をつけながら問いかけると、薄っすら開いたまぶたのあわいから覗く瞳が美優を映してくれた。

「わかりますか？　美優で……」

「美優……」

美優は言葉が出なくなる。彰寛の両腕が美優の肩から巻きつき、引き寄せられてしまったのだ。

密着しているわけではなくとも、抱きつかれている。これは心臓に悪い。おまけに両家の親がいるのだから、とんでもなく気まずい。

「美優……」

「あ……あ、あきひろさんっ、目が覚め……あのっ……」

なにを言ったらいいものか。相手は入院したばかりで安静状態の人なのだし、無理やり引き剥(は)がすわけにもいかない。

「だ……大丈夫、ですか……、痛いところとか……」

「美優……」

こちらの問いかけを理解しているのかいないのか、彰寛はひたすら美優の名前を呼ぶ。それも、この嬉しそうな、まったりとした声はなんだろう。

寝ぼけているのだろうか。それにしたって、抱きつかれて名前を連呼された日には、本当に心臓が爆発してしまいそうだ。

チラリと両家の親のほうへ目を向けると、父親二人は珍しいものを見るかのように目を大きくしているし、母は腕を組んで、うんうん、とうなずいている。

（いや、うなずいてないで！　なんとかしてください、おかーさんっ）

動揺のあまり母に助けを求めるが、口に出さないかぎり無理だろう。ここは自分でなんとかするしかない。

美優は静かに彰寛の腕を掴む。

「あ……彰寛さん……、落ち着いてくださいね。……痛いところとか、今は……」

ひと言ひと言、確かめるように言葉を出す。彼の腕の力が抜けたのを感じて、美優は彰寛を見た。

「……彰寛さん……？」

彼はまぶたを閉じている。

安らかな寝息とともに。

「……ね、寝ちゃった、みたいです」

笑顔を引き攣らせつつ両家に報告するものの、寝ぼけているとはいえ抱きつかれているのは恥ずかしかった。

ゆっくり彼の腕を外して身体を起こすと、仁科の父が隣に立ち息子を見る。

「……谷瀬、私も君と同じだ……。一緒に仕事をしているのに、彰寛の気持ちに……気づいてやれなかったんだから」

父に向かって話しかける声は、つらそうに聞こえる。

なんの意味があるのか美優にはわからなかったが、父親としての仁科が、彰寛のためになにか考えているのはわかった。

——その後、美優は両親と食事をして家へ帰った。

帰宅後あかりに電話をして今日の礼を言い、彰寛に怪我はなかったことと、明日からの土日は病院にお見舞いに行くつもりだと話をした。

姉の様子を聞かれなかったのは助かった。婚約の話をしてしまっていたので「お姉さんすっ飛んで来たでしょう」とでも言われたら返事もできなかったのではないかと思う。

美咲が秘密の恋人と姿を消したというのは、美優もどう対処したらいいのかわからない。こちらからの連絡には応じてくれない。メッセージも既読が付かないし、留守番電話を入れても返事はこない。

これは本当に、恋人との仲を認める、婚約は取りやめにする、というメッセージなりを入れない限り、美咲から連絡がくることはないということではないか。

そんなに好きな人がいるのなら認めてあげたらいいと思う。だが両親にしてみれば複雑な心境だろう。どんな男性かもわからないのに、帰ってきてほしいから認める、というわけにはいかないはずだ。

それに……、彰寛の気持ちはどうなる。

彼は、きっと美咲が好きなのだ。

そんな彼女が秘密の恋人と失踪したなんて知ったら、今度は過労ではなくショックで倒れて入院してしまうかもしれない。

いろいろと考えることが多すぎて、美優はその夜、なかなか眠れなかった。


――一週間後。

「彰寛さん、ほら、外の風が気持ちいいですよ」

美優が病室の窓を開けると、湿気を含んだ清々(すがすが)しい空気が流れこんでくる。

夕立が上がったばかりの空は、それを待っていたかのように朱色に染まり、雨上りの空気は昼間の蒸し暑さを感じさせない。

ソファに座りタブレットを見ていた彰寛が顔を上げ、ふわっと微笑んだ。

「ああ、いい風だ。明日は退院だし、やっと週明けから会社で仕事ができると思ったら、嬉しいな」

「なにを言っているんですか。入院して安静療養って言われていても、ずっとお仕事をしていたじゃないですか」

「仕事のことはちゃんと覚えているのに、無視できないだろう?」

笑って答えながらも、彼の目はタブレットから離れない。おそらく秘書からの報告書に目を通しているのだろう。

彰寛は一週間病院での療養を言い渡され、明日退院する。

過労だけなら数日の安静でもよかったのだが、ひとつ、問題があったのだ。

病院に運ばれた翌日、目を覚ました彰寛は記憶障害にかかっていた。

自分のことはわかるが、その他のことをなかなか思いだせない。しばらく考えて、やっと思いだせるという状態が続いた。

一日かけてじっくり思いだしたのは、会社のこと、仕事のこと、自分の立場とやるべきこと。

記憶のほとんどは取り戻したかのように見えたが、幼いころのことや、交友関係を一部思いだせていない。

そこで療養を兼ねて一週間の入院となったのだ。

この一週間、美優はほぼ毎日彰寛に付き添った。休みの日は朝から面会時間が終わるまで。

平日は仕事が終わると吹っ飛んできた。毎日帰宅は遅くなったが、彰寛の所へ行っていると両親も知っているので問題はない。

それどころか、母には「これ持っていきなさい」「あれ持っていきなさい」と、毎日食べ物や飲み物を持たされた。

……ちょっと多めだったのは、美優のぶんも込みだったからだ。病院でゆっくりしておいでと言われているとしか思えない……。

毎日頑張れたのは理由がある。仁科の父に「美優ちゃんなら安心だから、よろしく頼む」と言われたから。

そしてもうひとつ。

会社や仕事のこともぼんやりとしていた初期段階から、彰寛は美優のことを覚えていたのだ。

こんな状態なのに、彼の記憶にとどまっていられたなんて感動でしかない。

付き添いだろうが使いっ走りだろうが、美優は張り切ってやった。遠くから眺めているだけでいい、なんて言っている場合ではない。自分がかかわることで高嶺の花が喜んでくれる。

張り切りつつも、日に日に焦りは募っていく。

記憶障害が出たとはいっても、日常生活や仕事には問題のないレベルだ。それなのに、美咲のことを思いだしている様子がない。

婚約が決まった女性のことを、忘れてしまっている。

美優は美咲からのメッセージを思いだす。私の力になってくれる、や、彰寛をよろしくね、そんな言葉を残していた。

もしや美咲は、自分は恋人と姿を消すから、彰寛の心のケアをしてくれと美優に頼んだのではないのだろうか。

婚約を決められた日に、美咲が彰寛に恋人の存在を告げて「だから結婚はできない」と言っていたのだとしたら……。

彰寛はショックだったに違いない。会社で美優を呼び止めたのも、美咲の恋人のことを聞こうとしたからかもしれない。

記憶障害に陥って、本来なら真っ先に思いだしてもいい美咲のことを思いだせないのは、……思いださないほうが幸せだからではないか。

ずっと思っていた女性に、恋人がいた。

彰寛にとってはショック以外の何物でもない。

そのせいで、美咲に関する記憶が抜け落ちたまま戻らないのだ。

無理やり思いださせるのはかわいそう。せめて、少しずつでも、彼が自然と思いだせるまで見守ってあげたい……。

「でも、こんなに気分がいいのは美優のおかげだ。ありがとう」

窓を半分閉めて顔を向けると、彰寛がタブレットから顔を上げて美優を見ている。

仕事をしているといっても、彼はパジャマ姿だ。髪も自然な感じで下りている。プライベートでなくては絶対に見られない姿。普段でも、ここまでラフな彼を見られるのはレアだ。

元気になったからと、病室にいても身だしなみに気を遣おうとした彼に「元気に歩き回れても、仕事ができても、一応療養中なんですからね」と、美優にしては珍しく強く出てしまった。

自分だけが見ていられる彰寛の姿……というものに、ちょっとした優越感を持ってしまったのである。

こんなズルいことを考えてしまうなんてと自分を責めたりもするが、やはり普段は見られない彰寛にときめきをかくせない。

「そんなことは……。わたしは、自分にできることをしただけで……」

彰寛に見つめられている照れくささで、美優はさりげなく視線を外す。その先に見えた自分の腕が夕日に染まっているのを見て、このまま窓辺に立っていたら顔が赤くなっているように見えてしまうのではと、細かいことが気になった。

夕日があたっていなくても赤くなっている気はする。先程から頬が温かいのだ。

彰寛の視線から逃げるように場所を移動し、美優はベッドの上掛けや枕を整えはじめた。

「お仕事はしていましたけど、入院しているぶんゆっくりできたじゃないですか。気分がいいのは、そのせいですよ」

「そうかな」

「顔色もよくなりましたから。入院したときの彰寛さん、顔色がすごく悪くてびっくりしました」

「そんなに？」

「はい。……それなのに、会社ではまったく疲れている様子をみせなくて、すごいなって思いました……。

いつも颯爽として、精力的に仕事をこなしていたので」

「そうやって、いつも俺のことを見ていてくれたんだ？」

「……そういうわけでは……」

せっかく顔の熱が引いてきたのに、また急に上がってくる。毎朝物陰から彼を見つめていたことはバレてしまっているし、きっとそれも思いだしているだろうからごまかしようがない。

無意味にシーツを引っ張ってベッドを直しているふりを続けていると、背後に気配を感じた。

「美優」

「はい……きゃっ！」

いつの間にか彰寛が真後ろに立っていて、それに驚いた瞬間、両腕を掴まれ――美優はベッドに押し倒されていた。

「あ……彰寛、さん……？」

まぶたを何度もしばたたかせ、美優は見おろしてくる彰寛を見つめる。

真剣だが、どこか甘さの漂う双眸が美優の鼓動を大きくする。窓から射しこむ輝かしい朱色が彼に降り注ぎ、いつも以上のオーラを感じた。

「美優……」

形のいい綺麗な唇が、美優を呼ぶ。そのトーンだけで耳が幸せになり、くらり……と思考が揺らいだ。

決して、手の届かない高嶺の花。見つめているだけで幸せなのに……。

花は、とんでもない言葉を美優に囁く。

「好きだ」

――唇に、温かい彰寛の唇の感触をしみこませながら……。

美優の思考はあっちこっちへ飛び、ぐるぐると回る。

これからの自分が、どうなってしまうのか考えることもできないまま……。

第二章　勘違い婚約者

「それならいっそ、一緒に暮らさないか、美優」

肝心なことを忘れている脳は、ときにとんでもない提案を弾き出す。

言葉を失い、美優は彰寛を凝視する。当の本人はクスリと面映ゆい表情で笑い、同席する両家の親に顔を向けた。

「父さんは俺一人をマンションに帰すには不安だと言うし、美優は様子を見にきてくれると言うし、おじさんとおばさんは美優に毎日でも行ってあげなさいと言ってくれる。それならいっそ、一緒に住んだほうがいいと思うんですよ。なんといっても俺たちは……」

美優はハッとする。言葉を失っている場合ではない。この自由発言を放っておいたら、彰寛は美優が自分の婚約者なんだという勘違いを両家の親の前でさらしてしまう。

「あきひっ……」

声を絞り出そうとした美優だったが……、彼女の制止は、間に合わなかった……。

「すでに婚約しているのだし。問題はないでしょう」

（ああっ！　言っちゃった！）

美優の動きは、彰寛を止めようと手を伸ばしかかったところで止まる。

笑顔とも焦りともつかない表情を固めたまま首を動かした先には、やはり先ほどの美優のように言葉を失い唖然とする三人の顔があった。

(そんな顔したくもなりますよね……)

茜色に染まる病室で、彰寛に婚約者だと思いこまれたうえ、キスをされてしまうという衝撃的な出来事の翌日……。

午前中に退院した彼を囲み、両家の親と美優の五人でランチの最中である。

彰寛は会社に近い都心のマンションに一人暮らしだ。退院すればもちろんそこへ帰るのだが、仁科の父が退院したばかりなのだから少し実家にいたらいいのではないかと提案したのだ。

しかし彰寛としては、過ごしやすく環境を整えてあるマンションのほうが生活も仕事もしやすい。大丈夫と断ったものの、父親は息子が心配で心もとない顔をしている。気を利かせた美優が「それならわたしが様子を見に行きますから」と言い、娘の機転を悟った両親が後押しをした。

それなら……と、彰寛が冒頭のセリフを口にしたのである。

彰寛が美優を婚約者だと思ってしまったことを、親たちは知らない。美咲の存在を思いだせていないのはわかっていたので、触れないようにしていたのだ。

……しかしまさか、美優を婚約相手だと思ってしまうとは……予想だにしていなかっただろう……。

「入院中付き添ってくれた美優の献身的な姿を見ていて、もう離れたくないと思ってしまったのが本当のところです。婚約しているとはいえ、まだ結婚したわけではないのだから今から一緒になんてと、言われてしまいそうではありますが……」

今日ほど、レストランの円卓テーブルに戸惑ったことがあっただろうか。

座ったときはそれほど意識していなかったのに、こうしていると二人で並んでいる向かい側に両家の親がいるように感じてしまう。

そんな親たちを前に、彰寛は言い切る。

「美優がそばにいてくれたら、もう過労で倒れるなんて無茶はしないと思う。もしかしたら、まだ記憶障害で大切なことが抜けているかもしれないと不安はあっても、美優がいてくれれば、それも乗り越えていける気がする」

おだやかに、しかし力強く、彰寛はその気持ちを口にする。それだから反対しないでくれと、親たちに訴えかけているかのようだ。

実に堂々とした頼りがいのある姿。こんなにも強く彼に求められたら、感動のあまり呼吸もままならなくなるだろう。

現に、今の美優がそうである。

ただし……。彼女の場合、感動のあまり……ではなく、焦燥するあまり……なのだが……。

(ああああぁ――、どうしよぉ――、こんな勘違いをしてるなんて、お父さんもお母さんも、おじさんもびっくりしちゃう)

本物の婚約者が失踪中だなんて、もちろん親たちだって言いづらい。

しかし、婚約したことを思いだしていて、その相手が美優なんだと勘違いしている限り、親たちは真実を告げようとするだろう。

仁科の父にしてみれば、息子の勘違いで美優に気持ちの負担を強いることになると考えるだろうし、美優の両親は美咲の失踪を黙っているわけにはいかないと考えるに違いない。

美咲への恋心を思いだせば彰寛が傷つくと考えたが、まだ思いだしていないうちならばそれほど重い傷にはならないかもしれない。

そう考えれば、今、親たちから真実を告げられたほうが……。

「それはいいな」

そう、そのほうがいい……。

(はい?)

彰寛を想って苦しくなっていた呼吸が、予想外の空気にその重さを払われる。うつむき気味だった顔を上げた美優の目に映ったのは、微笑みを湛える親たちの顔だった。

「いいじゃないか。美優ちゃんは入院したときから彰寛を支えてくれていた。彰寛がそこまで言い切るなら、二人で相談した結果なんだろう。私もそのほうが安心だ。なぁ、谷瀬」

爽やかに言い放つ仁科の父は、隣に座る美優の父に話をふる。ここは誤解を受けている娘のためにも真実を……、という希望は、父のちょっと寂しそうな笑みの前に打ち砕かれた。

「彰寛君がそこまで言ってくれるなら、私も反対はしない。美優もそのほうがいいのだろうし……。なぁ？」

父は美優にではなく、隣にいる母に同意を求める。父とは正反対に晴れやかな顔をしている母はトーンを上げた。

「ええ、もちろん。そんなに彰寛さんに頼られているなんて、美優はすごいね。二人で決めたのなら大賛成よ。ねえ、美優」

まるで伝言ゲームをしているかのように、話は美優にふられる。当の美優は唖然とするあまり声も出ない。

この、理解ありすぎる言葉の数々は、なんだろう……。

三人とも、彰寛の勘違いをすっかり肯定してしまっている。

——誰も美咲の話を持ち出そうとはしない。

（どうして……。姉さんの存在を知らせないままでいいの……？）

美優だって真実を言いだせない一人だ。美咲への想いをよみがえらせたときの彼がどれだけショックを受けるかを考えれば、言葉が喉まで上がってこない。

親たちも同じだろうか。婚約者が秘密にしていた恋人と失踪したなんて知らされたら彰寛が傷つくと考えて……。それだから、今は勘違いしたままでいいと。

言葉を出せない美優を飛ばし、彰寛が口を開く。

「実は、一緒に住むことを美優には相談していないんですよ。これは、俺が独断でご相談をさせていただいているだけで……。けれど、俺はいっときも美優と離れたくない。美優もそう思ってくれているだろうと信じてはいますが、ご存じのとおり美優は真面目で消極的なところがある。絶対に『結婚もしていないのに』と迷うだろう。嫁入り前の娘なのにと、おじさんとおばさんの気持ちも考えていい返事はくれないだろうと考えてしまったんです。それで、父さんや美優のご両親の意見を先に聞きたくて、この場でご提案をさせていただきました」

堂々と言いきったあとに、彼はふっと表情をゆるめる。

「……ちょっと、ズルかったですね……」

照れくさそうなその顔に、きゅんっとしていいやらうろたえたほうがいいやら。すると、テーブルの上に出ていた美優の手に、彰寛の片手が重なった。

「ごめん、美優」

「……えっ！　ぃぇ……あ……」

「美優に、イヤだ、って言われたくなかったんだ」

「い、いえ……そんなこと言わな……」

こんな顔をされたら、どうしたらいいかわからないし、上手く言葉も出ない。

「父さんや、おじさんおばさんの前で言って了解をもらえれば、美優も安心してうなずいてくれるだろう、って……。頼む、いやだって言わないでくれ」

「いっ……」

――いやだ、なんて……言えるはずがない……。

この顔は、あれだ。昨日、茜色に染まった病室で見た顔だ。

美優を取りこんで、離さないとばかりに追い詰める。高嶺の花の……ズルい顔だ……。

「美優ちゃん、彰寛を頼むよ」

追い打ちをかける仁科の父。そして……。

「ひとまず、荷物をまとめるのを手伝うね」

「必要なものがあったら、すぐにそろえるから、言いなさい」

協力的な……両親。

否定の選択肢は……ない。

なによりも、こんなに期待に満ちた顔をした彰寛を、振り切れるものか。

彼が美優を必要としてくれているのだ。

幼いころから憧れ続けた、高嶺の花が……。

「いやなんて……言いませんよ」

美優が恥ずかしげに出した言葉に、彰寛は破顔する。見たこともないくらい嬉しそうな表情は、ついつい
かわいいと思ってしまうほど魅力的だったのに……。

真実を思いだしていない彼を騙しているようで……、息苦しくて堪らなかった。

美優はその日のうちに彰寛のマンションへ行くことになった。

ひとまず谷瀬家で必要最小限のものをまとめているあいだ、両親とこれからのことについて話し合ったのである。

美咲のことは、特に言及せず、彰寛が自然と思いだすのを待とうということになった。

仁科の父も、彰寛自身、今は美優に心を掴まれているのだから、無理に美咲にこだわらず息子の心が流れるままに任せたいという。

それはつまり、このまま美優が婚約者になってしまってもいいということ。

もし、彰寛が美咲を思いだしたら……。

そのときは、そのときで考えればいい。

美咲には彰寛との結婚の意志がない。となれば、おそらく彼がすべての記憶を取り戻したとしても美優との話が進むことになるのだろう。

両家の結婚話の背景には、会社同士の結びつきがある。

仁科の父が、彰寛の気持ちが美優に向いているならそれでもいいと理解があるのも、美優の両親が現状を善しとして美咲のことは話さなくていいとするのも、会社のことがあるからだ。

親たちにとっては、両家の二人が結びつくのが大切なのであって、気持ちの面は……あまり重視していないのかもしれない。

仁科の父は彰寛の気持ちが美優に流れているなら、と、息子の気持ちを考えている様子ではあるが、その息子が本当はいなくなった本来の婚約者に惹かれているのだとは、知らないのだろう。

「……あの、改めて、よろしくお願いします」

彰寛のマンションに荷物ひとつでやってきた美優は、広いリビングに立ったままキッチンの中にいる彰寛に向かって頭を下げた。

「そんなにかしこまらないでくれ。なんだか俺まで緊張する」

「すみません。でも、お世話になるので……」

「お世話に……か。なにをもってそう思ってしまうのかな……。やっぱり、もともと俺が住んでいるマンションだから?」

「そう……ですね。やっぱり、そうかな」

マンションは彰寛の持ち物だし、家財道具すべて、何気なく置かれているクッションからスプーンの一本まで彼が生活の一部としているものだ。

それらの中に身を置くということは、やはり「お世話になります」という感覚が強い。

「はい、どうぞ」

キッチンから出てきた彰寛が、両手に持つカップのうちひとつを差し出す。受け取ると、優しく甘い香りが鼻を刺激した。

「ミルクティー?」

「好きだろう?」

「はい。……あ、覚えていてくれたんですね」

「忘れないよ。美優のことだからね。普通の紅茶は苦手だけれど、ミルクティーは大丈夫だって覚えている」

胸の奥がきゅんっとする。こんな些細なことを覚えていてくれるなんて。思いだせていない事柄の中に埋もれていてもおかしくないくらい小さなことなのに。

ソファにうながされ、並んで腰を下ろす。彰寛が自分のカップに口をつけてから、背もたれに深く身体を預けた。

「このマンションが、俺が一人で暮らしていた場所だから美優が遠慮してしまう、というのは問題だな。……そうだな……二人で選んだ場所なら、遠慮もしないか……。よし、引っ越そう」

躊躇なく出てくる突拍子もない案に驚き、美優は口につけかかっていたカップを両手で持ってそのまま膝に置く。

「なっ、なにを言っているんですっ。駄目ですよ、そんなのっ」

「なぜ？　美優だって気兼ねなく生活できるほうがいいだろう？　どうせ結婚するときは新居を選ぶつもりなんだし、少し早くても……」

「は、早すぎますよ。大丈夫です……。すぐ慣れます」

簡単に決断しすぎだ。そこまでやってしまったら、もしものとき本当に後戻りができない。

美優の気持ちとしては、彰寛が美咲を思いだすまで、彼を傷つけないために婚約者という役柄を引き受けているところがある。

彼が美咲を思いだせば、美優の立ち位置がどうなるのかもわからない。

親たちが会社のために結婚しろと言ってきても、彰寛がどうしても美咲を心から消すことができず美優を受け入れられないとなれば、婚約も結婚もなくなるだろう。

それなのに、二人でマンションを選んで引っ越すなんて、できるはずがない。

「そうか？　でも、ゆくゆくは新居に引っ越すし、美優もどういう所がいいとか、このくらいの広さが欲しいとか、考えておいてくれ」

「はい……。でも、彰寛さん、実家が大きなお屋敷なのに、あっちに住まなくていいんですか？」

仁科家には、彰寛の父が一人で住んでいる。通いのお手伝いさんが数人いるので不便はないようだが、大きな邸宅だけにもったいない。

「まぁね……。建てたときも、二人だけなんだからあんな大きな家にしなくてもいいのに。父さんも見栄張って、前に住んでいた家より大きくするって……」

「前の家……」

美優はハッとする。もしや仁科の父は、亡き妻と娘の思い出がある家を離れ、思いださないように新しい家を持ったのではないのだろうか。

これは、あまり深く聞いてはいけないことだ。

「いずれは考えるけど、新婚のうちは二人きりでいたいな。でも、子どもができたら、戻ってもいいかもしれない。美優の家にも近いし、お手伝いさんもたくさんいるから、美優も無理をしないで子どもに関われる」

「は……い」

「あっ、もちろん俺も手を出すからな。男は子育てにかかわるなとか言わないでくれよ」

「そ、そんなこと……」

「実家は広いし部屋数もあるし。子どもが何人いても大丈夫だ」

話の内容が大きく飛んでしまったうえに、照れくさい。自分には縁のない話かもしれなくても、結婚やら子どもやらの話になると戸惑いが大きくなる。

（彰寛さんの子どもか……。きっとかわいいだろうな……）

妄想の中に、彼にそっくりな小さな男の子を抱き上げる彰寛が映る。……そこに、こっそり……自分の姿を入りこませた。

その光景を、美優はそっと心の中にしまう。叶わなくても、夢くらいはみてもいい。……少しだけ、自分を許したい……。

頭を撫でられ、肩が震えた、そろりと顔を向ければ、くすぐったげに微笑む彰寛が美優を見つめている。

「なんだか嬉しいな。美優とこんな話ができるなんて」

「あ……」

わたしもです。そう言ってしまっていいのだろうか。図々しいのではないか。

（でも……）

こんなふうに見つめてもらえるなんて……。凛々しくも優しいこの眼差しが、今は美優だけを映してくれている。

こんな幸せが、あってもいいのだろうか。

「美優……」

それも、こんなしっとりとした声で名前を呼ばれて……。

頬にかかる手は大きくて、温かくて……。

ハッとした瞬間、彰寛の顔がわずかにかたむきながら近づいている。唇が触れそうだと感じた瞬間、美優は顎を引いてカップを口元に持ってきた。

「ミ、ミルクティー、美味しそうですね。ありがとうございますっ」

「あ……ああ」

まさかこのタイミングでブロックされるとは思わなかったのだろう。彰寛は意外そうに眉を持ち上げるが、すぐに表情を改めた。

「絶対に美味しいから飲んで。俺が淹れるミルクティーは、ちょっとしたものだよ」

「彰寛さんが淹れたんですか？　ペットボトルのやつを温めたのかと思いました」

「それはないだろう？　カッコつけたくて頑張ったのに」

アハハと笑いながら、彰寛は自分のコーヒーに口をつける。すみませんと肩をすくめ、美優もカップに口をつけた。

温かな液体が流れこみ、味覚に刺激を与えた瞬間……。――衝撃が、脳を支配する。

(……この味……)

「彰寛さん……」

「ん？」

「……ミルクティーの淹れ方、誰かに教えてもらったんですか……？」

「ああ……母が、まだいたころに教えてもらったのを覚えていて……。それで何度か作ったことがある。

……自信があったんだけど、不味い？」

「いいえ……違います……。美味しいです、すごく」

美優は慌てて褒めてからカップに口をつける。

美味しい。美味しいのだ。これは、美優が好きな味だ。

——おそらく、姉が作ってくれるミルクティーと、同じ味。

亡き母親に教えてもらったというのは本当なのかもしれないが、彼はもしや、美咲がミルクティーを淹れるところを幾度となく見ていたのではないのだろうか。

それを、覚えているのでは……。

(……彰寛さんは……姉さんを覚えている……)

たとえ、今は記憶になくても、無意識に美咲を思いだしている。

口腔内のミルク感が急に重くなる。喉に詰まって呑みこめないまま、姉の味が美優を苛む。

忘れているからといって、彰寛が傷つかないようにと美咲の存在を教えないのは、本当に彼のためになるのだろうか。

彼の本質は、好きな人のことを覚えているのに……。

「美優？」

様子がおかしいと感じたのか、彰寛が美優の顔を覗きこもうとする。無理やり液体を呑みこみ、美優は急ごしらえの笑顔を繕った。

「ごめんなさい、彰寛さんに淹れてもらったと思うと……感動しちゃって……」

「本当に？　不味いから飲めないいんじゃ……」

「こんな美味しいミルクティー、はじめてですよ」

ちょっとムキになって、わざと彰寛を見ながらごくごく飲んで見せる。苦笑いをしつつホッと息を吐いた彼が、美優の肩を抱いてぽんぽんと叩いた。

「わかった。もっと腕を磨くよ」

「美味しいですっ。本当ですってば」

「毎日淹れれば、もっと美味しくなる。だから、毎日淹れてあげるよ。美優のために」

胸の奥がきゅううぅんっと絞られる。美優のために。そんな言葉が全身を縛りつけ、彼の眼差しから目がそらせなくなった。

「美優……」

今度は逃げられない。

彰寛の唇が重なってきて、ミルクティーで濡れた口腔を軽く吸われた。

ゆっくり唇が離れ、戸惑う美優を見つめる瞳が一瞬憂う。しかしすぐに口元に浮かんだ微笑みとともにやわらいだ。

「今夜は早めに休むといい。明日は美優の荷物を運びこむし、片づけもあるから。着替えなんかは寝室を使って。ベッドもあるから、そのまま休める」

「寝室……でも、わたしが使っちゃったら、彰寛さんは……」

ベッドはひとつしかないだろう。ベッドを取ってしまったら彼が寝られない。……だが、彼のなかで、二人は婚約者だ……。

(もしかして……一緒にとか……!?)

勝手な予想で顔がポンッと熱くなったのを感じる。もしかしたら、そんな美優を見て彰寛は彼女がなにを考えたのか悟ったのかもしれない。

ハハッと軽く笑った彼に、頭をポンポンと優しく叩かれた。

「心配するな。俺は書斎のソファで寝るから」

「そ、そんな……、彰寛さんは退院したばかりで……。彰寛さんもベッドで寝てください……!」

「ん? 一緒に寝る?」

「い……いっしょ……」

また顔が熱くなるのを感じる。彰寛さんも、ではなく、彰寛さんが、と言うべきだった。

美優がソファで寝るからと言いたかったのに、これでは本当に、一緒に寝ましょうと言っているように聞こえてしまう。

「ときに、美優……。ちょっと確認なんだけど……」

「はい……」

「俺は……、まだ美優を抱いたことはない……よな？」

「抱っ……」

駄目だ……。これ以上赤くなったら、顔が燃えてしまう。

真っ赤になりすぎた顔を見られたくなくてうつむくと、線香花火のように膨らんでいそうな耳朶に彰寛の吐息がかかる。

「今日は、我慢する」

手のひらでぽんぽんと美優の頭を叩いてから、彰寛が立ち上がった。

「風呂、用意してきてやるよ。美優が持ってきた荷物は寝室に置いてあるから、見られて恥ずかしいものは今のうちに用意しておけ」

ちょっとからかったつもりなのだろうが、美優は先程までの会話が恥ずかしすぎて言い返すこともできない。

小声で「はい」と言うのが精一杯で、彼がバスルームに入っていく気配を感じるまで顔を上げられなかった。

こそこそっと顔を上げ、ミルクティーをゆっくりすする。鼻に抜けてくるミルク感に懐かしいものを覚えながら、片手で頬を押さえ、その熱さに情けなくなる。

「……大丈夫かな……、わたし……」

彰寛に抱かれた肩。触れられた唇。囁きを落とされた耳。そのすべてが、戸惑っている。

近くで見つめているだけで満足だった人が、こんなにも近くにいる。

それでも、この状況に溺れることはできない。浸ってしまうことは、きっと許されない。

カップに口をつけ、美優は姉と同じ味を全身に行きわたらせる。舞い上がり自惚れてしまいそうな感情を、無理やり制御した。


正面入口の自動ドアが開き、エントランスにざわめきが走った。

いつもならすぐに道をよける警備員が今朝はそのまま歩き、社員に近づかないよう注意を促す。

通常受付カウンターの前で待機している秘書二人も、今朝は出社の車を迎えに出てきていた。そのため、わずかに斜め後ろを歩いている。

その中心にいるのは、もちろん……。

「おはようございます、副社長！」

「おはようございます。お身体の具合は、大丈夫なんですか？」

「ご無理されませんように！」

――約一週間ぶりに出社した、仁科彰寛副社長、その人である。

近づけなくとも声はかけられる。ほうぼうから飛んでくる挨拶とねぎらいは途切れることなく、ホッと安堵する顔があちこちで見られた。

彼がどれだけこの会社で慕われているのかがわかり、美優は胸が熱くなる。

（さすがです！　副社長っ！　素晴らしいです！）

思わずいつものようにスマホを取り出したくなるが、今朝はそんなことをしていられない。

かなり離れて彰寛と秘書のあとからエントランスへ入った美優は、何食わぬ顔で列からそれる。一緒に入ってきたんじゃありませんと言わんばかりに無関係を決めこむ。

それでもチラリと彰寛のうしろ姿を追うと、いつの間にか美優が背後にいないことに気づいた中谷喜代香が、厳しい目をしていた……ような気がした。

（ああ……怖かった……）

胸を押さえ、ハアッと息を吐く。

美優は、今朝、彰寛と一緒に出社したのだ。

『どうせ同じ会社へ行くんだから、一緒に行こう』

あまりにもサラリと言われたせいか、一瞬それがなにもおかしいことではないと思えてしまったくらいだ。

素直に返事をしそうになった次の瞬間、しっかりしろ、と、理性に殴り飛ばされた。

……会社に。

………二人で仲良く出社。

(できるわけがないじゃないですか‼)

『今朝は父が気を遣ったらしくて。迎えの車をよこすと言っているんだ。自分で運転しなくてもいいぶん、二人で今夜のディナーの相談でもしよう』

笑顔の彰寛は、とても楽しそうだった。

『昨日は美優の荷物の片づけや買い物で忙しくて夜もデリバリーだったし、今日は外食にしよう。どこの店がいいかな』

ウキウキしている雰囲気まで伝わってくる。そんなに楽しそうな姿を見せられると、一緒になんて行けません、とは言えなかったのだ。

とりあえず、車を降りたら離れて歩こう。そうすれば、ビルに入るときには、副社長のあとから入ってきた社員、くらいにしか見えないだろう。

……そう思っていたのに……。

いつもは受付カウンターの前で到着を待っているはずの秘書二人が、久々のボスの出社に勢いづいたらしく、外の車用通路で到着を待っていたのだ。

彰寛と一緒に車から降りてきた美優を見たときの喜代香は、自分の目が信じられないと言わんばかりに、何度もまぶたをしばたたかせていた。

気まずさを無視してエントランスへ入り、無関係のふりをして一行から離れたのである。

今日は他の社員に見られなかったからいいとして、もしも毎日一緒に出社しようということになれば、いつまでも誰にも知られないままは難しくなるだろう。

(すでに秘書さんに見られたしなぁ……)

どう考えても、喜代香に見られたのはよろしくない。……下手をすれば妹に伝わって、そこから各所へ漏れていく可能性だってある。

「みーたーぞーぉ」

背後から覆(おお)いかぶさってくるような声に、美優はゾゾゾッと背筋を伸ばす。小さく「ひぃっ」と声をあげると両肩に手を置かれ、あかりが顔を見せた。

「あ、あかりちゃんかぁ……おはよぅ～」

「何食わぬ顔で列から外れたみたいだけど、車から降りてきた瞬間、見ちゃったもんねぇ～。なーにーぃ？ 付き添い効果？ 美優の献身的な姿に、副社長もヤられちゃった、って感じなのかなぁ。ついに……ついに、だねぇ～、美優ぅ～」

「ちっ、ちっ、ち……ちがうってばっ」

エントランスに社員はたくさんいるが、出勤ラッシュの時間とあってみんな忙しく動き回っている。わざわざ聞き耳をたてている者もいないとはおもえど、美優は慌ててあかりの口を片手で押さえてしまう。

「あ、あとで詳しく話すから……」

なぜだかすごく恥ずかしい。あかりは美優の気持ちを知っているだけに、こうして囃(はや)し立(た)てられると「特別な関係になったのか」と言われている気がしてくるのだ。

（キスしちゃったし、一緒に住むことになっちゃったし……。特別なのかな……）

あかりにはどこまで話せばいいだろう。

彰寛が記憶障害になっていることまで話すのはまずいだろうか。

けれど、それを話さなくては、美優が婚約者だと思われていることや一緒に住みはじめたことなども話せないのではないか。

（どうしよう）

思考をぐるぐるさせている美優の頭に、ポンッとあかりの手がのる。目を向けると、美優の手を掴んで口から外させたあかりはくすぐったそうな笑みをみせた。

「ばーか。そんなに迷わなくちゃ話せないことなら、聞かないから安心して」

「あかりちゃん……」

「美優は間違ったことはしない子だから。信用してるから大丈夫。話せるようになったら話して」

胸が感動で震える。なんて理解のある友なのだろう。

そうやって、いつも美優の心を読んだかのように察してくれるところが、堪らなくかっこいい。

「ありがとう……あかりちゃん」

ポツリと言って照れる美優の頭を、あかりはもう一度ポンッと叩く。

この状況がもう少し落ち着いたら、絶対、あかりにはすべてを話そう。美優は強く心に誓った。

あかりの友情に胸を熱くされたものの、大きな気がかりは残ったままだ。

男性秘書のほうはともかく、喜代香の不信感を固めて投げつけてくるような視線を思いだすとみぞおちがモヤモヤしてくる。

彼女はなぜ一緒に出社したのかを彰寛に聞くだろうか。それとも美優が知人の娘であることを頭に置いて、偶然見かけたので乗せてあげたのだろうと自己解決するだろうか。

美優としては後者だと非常にありがたい。

……が、実際には、どちらでもなかった……。

「どういうことか説明してくれる？」

権高な美人顔が、高いところから見下(みくだ)してくる。

腕を組み立ちはだかる喜代香を前に、美優は知らず後退した足が壁にぶつかったのを感じた。

人けのない第三出入口前。主に荷物や業者の出入りに使われるが、駐車場に近いので急ぐときはここから出る社員も多い。

美優はこれから部長について、港のコンテナターミナルに行かなくてはならない。準備時間に余裕はあったが、こちらから出たほうが近いと思って向かっていたところ、外出から戻ったばかりらしい喜代香に捕まったのである。

「なにを……ですか……？」

とは聞くが、おそらく今朝のことだろうとは思う。お昼休みをすぎた時間ではあるが、彼女はこれからお昼なのだろう。ショルダーバッグを肩から下げているし、少し離れた場所で男性秘書が困った顔をして立っている。

これが親しい人なら「お昼が遅くなったからお腹がすいて機嫌悪いの？」と聞けるが、そんな口をきこうものなら怒られてしまいそうな迫力だ。

喜代香の眉がわずかに寄る。美優の返事に納得がいっていないのだろう。

とはいえ、喜代香の言いかただって悪い。いきなり説明しろと言われたって、なんのことか見当はついていても間違っていたら恥ずかしい。確認することは大切だ。

険悪なムードの中、男性秘書が口を出した。

「中谷さん……、副社長からはなにも言われていないんだし、干渉しなくても……。いや、するべきじゃないと思うんだけど……」

「黙っていて、萩野君。ここの確認は私がするから、君は先に店に行って席の確保でもしてくれる？　昼食が遅れれば、そこからの仕事も遅れるから」

すべて言わせないうちに喜代香は萩野と呼んだ男性秘書を一蹴する。普段見ていてなんとなく見当はついていたが、上下関係がハッキリしている秘書たちだ。

しかし萩野が口を挟んでくれたおかげで、喜代香が深刻になっている原因がやはり今朝のことなのだと確認することができた。

ありがたくも答えを導いてくれた萩野は、何度も振り返りながら場を離れていく。

これはマズイ。この場をどう切り抜けたらいいものか。どうせなら喜代香が萩野と話をしているうちに駐車場へ逃げてしまえばよかった。

今朝に続いて頭をぐるぐるさせていると、萩野が立ち去る姿を見ていた喜代香が再び美優のほうに顔を向けたので、ビクッと背筋が伸びた。

「説明してくれます？　今朝、副社長と一緒に出社したのは、どういうこと？」

「それは……ご厚意で乗せていただいただけで……」

「あなた、社外でも副社長にしつこくつきまとっているんですか？」

「つきまとってなんて……」

「会社でつきまとって、プライベートでも……って、どういうことです？　恥ずかしくはないの？　副社長の仕事を邪魔しているという自覚は？」

似たようなことを萌果に言われたことがある。おそらく喜代香が妹に愚痴を言ったのを、萌果がそのまま口にしたのだ。

美優から絡んでくるのではなく、いつも彰寛が美優を見つけて構いにくる。それは喜代香も知っているはずだ。それだから、姉妹のあいだで話を大きくして面白がっているだけだろうと……思っていた。

（……違う……）

美優は喜代香の顔を食い入るように凝視する。

彼女の顔にも態度にも、自分が言いがかりをつけているという自覚はみられない。

（……本気で……そう思ってる）

彼女の中で、彰寛が美優に構うのも、すべて美優が悪い。それが真実になっている。それだから、こんなにも攻めた態度がとれる。

「副社長はお優しいから、知人の娘だと思えばこそ邪険にできないだけですよ。……それだから、あなたが階段から突き落としたなんて言われるようになるんです」

「わたしが？」

美優は驚いて眉をピクリと寄せる。

「もっと副社長に干渉したくて突き落としたとか、個人的なおつきあいがしたいのに断られたから突き落としたとか、面白おかしく言われているのを知りませんか？　あの日、社食の前で呼びとめた副社長を階段に誘いこんだのを、何人もの社員が見ています」

彰寛とちゃんと話せなくて、美優は逃げた。……誘いこんだのではない。彼が階段まで追いかけてきたのだ。

そのあと、美優はまた逃げて。……彼が、落ちてきた。

もし彰寛が、過労で眩暈を起こした他に美優の言葉に傷ついたのだとしたら……。

（わたしが……落とした？）

彼の精神を疲弊させてしまったのが美優だというのなら……。

「本当にあなたが落としたのですか？　知人の娘という立場を利用して、怪我の看病をして恩を売って、いい顔がしたいから……」

──彰寛が記憶障害になってしまったのは、美優のせい……。

喜代香の確固とした自信が、曖昧な答えしか用意できない美優を洗脳していく。

あの事故は、美優のせいだったのかもしれない。

彰寛が記憶障害になって、美咲を忘れて。献身的な姿を見せた美優を婚約者だと勘違いしている。

（わたしは……これを望んでいたの？）

全感情が、自分自身を責めようとする。美咲の存在を話さずにいる罪悪感が、大きく顔を出してきそうになった。

しかしそのとき、なにかが美優の前に立ちふさがり視界から喜代香を消したのである。

「やめてくれませんか、中谷女史。会社でする話ではありませんよ」

重く厳しい声を発したのは、──あかりだ。

ちょっと低めのポニーテールが軽く揺れる。彼女がわずかに首をかしげたのがわかった。

「中谷女史はお忙しい方で、外出から戻りこれから遅いお昼休みに入られるのかもしれませんが、私たちのような一般の社員は、お昼休みも終わってすでに仕事中です。そんな社員を呼び止めて、下世話な話につきあわせるのはどうかと思います」

「下世話……？」

「つきまとうだとか恩を売るだとか。根拠のない下世話な噂話を持ち出して……いやらしい。谷瀬美優に対する中傷は私も耳に入れていますが、副社長の知人の娘であり親しいゆえに、副社長を崇拝する層から受けている嫉妬としか思えない」

「嫉妬？」

そのひと言が気に入らなかったのだろう。喜代香は眉を吊り上げ不快を表した。

美優は息を呑むが、あかりは平然と振り向き、美優の肩に手を置く。

「ほら、美優、部長が待ってるから早く行って。谷瀬がこないんだがって部長から連絡が入って、びっくりして下りてきたんだよ。こんなくだらない嫌がらせに引っかかってないで、仕事仕事」

あかりの凛々しい笑顔が、喜代香に呑みこまれそうになっていた心を平常に戻してくれる。

現場への同行は大切な仕事だ。いつもならなによりも優先するのに、彰寛に関することだと思うとつい意識がかたむいてしまっていた。

「ごめん、すぐ行く。ありがとう、あかりちゃん」

「頑張って」

顔は見ずに喜代香のほうへ軽く会釈をして横を通り抜け、出入り口へ向かう。「ちょっと……」と引き留める声が聞こえたが、素早くあかりの声が重なった。

「これ以上はコンプラ案件ですよ。女史」

出ようとしていた美優が思わず止まる。まさかコンプライアンスを持ち出すとは思わなかったのだ。

喜代香も同じだったのだろう。強気だった顔に焦りの色がにじむ。

「よろしいですか？」

あかりは驚くほど冷静だ。彼女が本気で、喜代香の行動をコンプライアンス部へ訴え出ようと考えているのが窺える。

喜代香は「わかりました」と小さく呟き、長いため息をつきながら踵を返す。ヒール音を大きくたてて歩きだした。

「まだいたの、萩野君。ほら、早く行きなさい」

美優に話をするときは冷静だったように思うが、苛立ちをかくせない声が響く。どうやら萩野は、気になるあまりずっと見ていたらしい。

止まったまま動けないでいる美優を見て、あかりはニヤッとする。

「早く行かないと、機嫌の悪い部長に同行、っていう面倒な目をみるぞ～」

「いっ、いってくるね」

慌てて手を振り足が出かかるが、美優は再度あかりを振り返った。

「ありがとう、あかりちゃん」

あかりは微笑んだまま、黙って手を振る。

頼もしい……頼もしすぎる友に感謝しつつ、美優は外へ出た。

復帰初日で彰寛は張りきっていたものの、初日なのだから無理は厳禁ときつく社長命令が下っていたこともあり、彼の帰宅時間は美優よりも早かった。

しかし先に帰ってくれて、正直ホッとした。もし同じような時間だったなら、一緒に帰ろうと言いだしかねない。

婚約者なんだからいいだろうと言われれば、公にしていないのだから控えてほしいと言い返せる。しかし彰寛のことだ。「それなら婚約を公表してしまおう」と言うのがみえている。

公にしてしまえば、喜代香にいやな顔をされたり、つきまとっているとかおかしな噂話の的にもされなくなるだろう。

が……、美咲の存在を思いだしたとき、彰寛がどれだけ悩んでしまうかを考えると……。公にされるのも考えものだ。

終業時間が近づいたころ、彰寛からメッセージが入った。迎えに行くから、朝の打ち合わせどおり食事に行こうとのこと。

まさか会社の前で待っているとか言うのでは……。

これではホッとした意味がない。美優は最寄駅の駐車場を指定し、そこで待っていてくれるようお願いをした。

食事といっても、あくまで〝夕ご飯〟のイメージを持っていた。しかし彰寛が連れてきてくれたのは、高級ホテルのフレンチレストランだった。

ムードのあるエレガントな店内に、都心が見おろせる壮大な夜景が広がる窓側の席。テーブルにはキャンドルと花が飾られ、想像していた〝夕ご飯〟とはまったく違うメニューが並ぶ。

こんな場所で彰寛と食事ができるなんて夢のようだが……。信じられなさすぎて戸惑う。

「今日は疲れたかい？　大変だったね」

「え？」

話しかけられ顔を上げると、彰寛がアントレ（肉料理）を食べ終え、ナイフとフォークを置いたところだった。

次の言葉が出るまでに一拍置かれたのは、彼がナプキンを口元にあてたから。その所作と表情に見惚れ、緊張の糸がくにゅっとたゆむ。

（彰寛さん、やっぱり素敵）

レストランの雰囲気もあるだろうが、いつも以上に紳士度が増しているように思える。同じ目線の席に座っているのが申し訳ない。彼はもっと高座にいるべき人だ。

「食欲があまりないようだと思って」

「あ……」

彰寛の視線の先には、あまり手をつけられていない美優のアントレがある。せっかく質のよいリブロースが入っているからと、シェフ自らお薦めにきてくれたものなのに。

「すみません。とても美味しいんですけど……」

気がかりが多いうえ、このムードに呑まれてしまっている。胸がいっぱいで胃が動いてくれないのだ。

「謝らなくていい。美優も今日は大変だったし、気疲れもしたんだろう」

「大変って……、それを言うなら彰寛さんのほうが気疲れしたと思います。久々の出勤でしたし……」

彰寛はおそらく、部長に同行してターミナルへ行っていたことを言っているのだろう。

今日の小口貨物の立ち会いや書類の引き渡しは彰寛が担当したクライアントのものなので、美優が部長に同行したことは彼も知っている。

ニシナ・ジャパンでは女性が現場に出ていくことはめったにない。それなので、気疲れしただろうと気遣ってくれているのではないか。

「わたしは大丈夫です。わたし、結構こういったことは多いので」

「えっ！」

彰寛が驚いてワイングラスから顔を上げたので、美優は持ったまま動かすことをやめていたカトラリーをグッと握り、背筋を伸ばした。

「美優……、そんなに頻繁に中谷君に絡まれていたのか？」

「は……？　い……？」

「今日の午後、中谷君に掴まって今朝のことを問い詰められたんだろう？　美優のことだから、あの迫力に押されて大変だっただろうなと思って」

「あ……それ、ですか」

伸びた背筋がカクッとゆるむ。どうも話の流れがおかしいとは思ったのだ。二人でまったく違うことを言っていたようである。

「すみません、そのことだと思わなくて。でも、彰寛さん、どうして知っているんですか？」

喜代香が美優を問い詰めたのだと自分で言うはずもない。まさか彼が見ていたわけでもないだろう。

「報告をもらっているから」

「報告……？」

誰がそんなことを。少し考えて思いついたのは萩野だ。喜代香に追い払われたはずが、彼はずっとあの様子を見ていた。

さすがにやりすぎを感じて彰寛に報告したのかもしれない。萩野は喜代香より立場が弱そうだったが、そんなことをして大丈夫だったのだろうか。

ウエイターが彰寛の皿を下げにきたのを見て、美優はカトラリーをそろえて離す。食が進まないようだとわかっているので、彰寛が一緒に下げてくれるよう言ってくれた。

「美優、デセールは？　甘いものなら大丈夫？」

「はい……」

「どうせだから、最後のコーヒーも一緒にもらってしまおうか」

ここは美優の返事を待たず、彰寛はウエイターに希望を出す。その姿を見つめ、美優は感歎（かんたん）の息が漏れそうになるのを喉の奥で止めた。

本当に素敵な人だ。……この人と自分が一緒にいてもいいのだろうか……。

（姉さんなら、ここに座っていても不思議じゃないくらいお似合いなのに……）

そう考えると、またいろいろなことが気になってくる。

レストランの人たちは、ずいぶんと不釣り合いな女を連れていると思ってはいないだろうか。

店内のお客さんたちは、あまりにも彼に似合わない美優を見て笑ってはいないだろうか……。

「美優、顔を上げて」

「え……あ、はい」

いつの間にか下がっていた顔を上げる。彰寛が微笑みを湛え、自分のワイングラスを差し出した。

「中谷君のことは、あまり気にしなくていい。仕事面は優秀なんだが、彼女、ちょっとやりすぎてしまうところがあってね。過剰に心配性なんだ」

「はあ……」

それだけ、彰寛のことを気にかけているということだ。大切なボスにまとわりついている女がいれば心配なのは当然だろう。

「それはいいから、ほら、乾杯だ」

「乾杯……ですか？」

うながされるままにグラスを手に取り、グラスを合わせる。

「何回目でしょうか……」

食事が始まってから、彰寛にうながされるまま何度もグラスを合わせた。最初はシャンパン。そのあとはポワソン用のワイン、アントレ用のワインと続いた。

どれも美味しいのだが、一度の食事で何種類も出された経験がないので戸惑うばかりだ。

「何度でも乾杯したい気分なんだ。婚約者としての美優と、初めてのディナーだから」

「えっ！」

理由に驚いてしまった美優に、彰寛はちょっと気まずそうにする。

「もしかして違った？　そのあたりも思いだせていないのかな。てっきり初めてだと思っていた」

「い、いいえ、……初めてです……。こんなふうに彰寛さんとお食事ができるなんて、夢みたいです」

「夢とか言うな。婚約者なんだから」

「……すみません」

「おそらくだけど……、美優と食事に行きたくて誘っても、いつもそうやって遠慮して断られていたんじゃないかな……」

彼の声がわずかに沈んだ気がする。答えられないまま、美優はワインを口に運ぶ。

遠慮は……していた。

彰寛と二人で歩くなんて。この人の横に立つなんて。……申し訳ない。見つめているだけでいいんだ。

そんな気持ちばかりが、美優の中にあったから……。

美人で優しくて頼りになって。そんな姉と同じ立場の幼なじみとして彰寛を知っていても、前に出て彼に接するなんてできなかった。

言うことやること、見た目も含めて、美咲と比べられてしまうのが恥ずかしかったし、恐かった。

二人のあいだに重い沈黙が落ちる。そのあいだにデセールが用意され、一緒にと頼んだラストのコーヒーとプチフールも置かれた。

デセールのシャーベットに添えられた白い花がかわいらしい。食用花でシロップ漬けなので、シャーベットに混ぜこんで食べると風味豊かになるとウエイターが教えてくれた。

「もし……、以前にも聞いたことがあるなら、ごめん」

食べるのがもったいないと感じながらデセールを眺めていると、考えるように彰寛が口を開く。真剣な瞳が、美優を取りこんだ。

「美優は……、そんなに俺と一緒にいるのがいやなのか？」

「いやって……、そんなことは……」

「頭にある美優に関しての記憶の中で、美優はいつも俺に遠慮をしている。目を向けた先に美優がいて、俺を見てくれているのに決して近づいてこない。まるで触れてはいけないものを見ているような目で、遠くから見ているだけだ。俺が近づけば……逃げていこうとする」

重たく、心臓が脈打った。

遠くから彼を見つめていられればいいと思ってやっていたことを、彼は気づいている。美優が決して自分からは近づかず、常に距離を置いて、ただ見つめていたこと。

　自分が彰寛に近づくなんておこがましい。そんな気持ちだった。けれど、彼にとっては、それは不思議なことだったのかもしれない。

「俺は、なにか美優に大変なことをしてしまったんだろうか？　それだから、近づいてもらえなかったのか？」

「違います。そんなことは……」

「もしそうなら、改めて謝る。なにをしてしまったのかは覚えていないが……そのうち思いだすかもしれない。……もし、口に出しても差し支えのないことなら、教えてくれないか？　美優に境界線を引かれるのは、もういやなんだ。もしかしたら、すごくひどいことをしてしまっていて……、それだから、俺が自分に都合よく思いだせていないのかもしれないし」

「違います。彰寛さんはなにもしていません……。ただわたしが、勝手に近寄れなかっただけで……」

　彰寛の口調が苦しげで、美優はつい口を挟んでしまう。

　彼を見つめられればいい、それだけの気持ちだったのに、彰寛は自分がなにかひどいことをしたから美優が近づいてくれないのだと思っている。

　それは違う。しかし彼の思いこみを解消してあげるには、美優がずっと思ってきたことを話さなくてはならなかった。

「彰寛さんは……昔からなんでもできる人で、みんなから慕われていて……、常に、わたしの憧れでした。……わたしなんかが、近寄ってはいけない人だった」

「美優……」

さらに彰寛を近寄りがたい存在にしていたのは、あまりにも彼とお似合いな美咲の存在だった。今、美咲の話を入れるわけにはいかない。

結果、美優のコンプレックスを前面に押し出す形になる。

「わたしなんかが一緒にいたら、彰寛さんが笑われてしまう。きっといやな気持ちになる人もいる。……だから、遠くから見ているだけでよかったんです。彰寛さんは、わたしには……高嶺の花です」

その高嶺の花に、勘違いとはいえ婚約者にされている。

美優にとっては、考えられないし信じられないことだ。

ただそれも、彰寛が美咲を思いだせばどうなるかはわからない。

「だから……、気安く近寄れなかったし、近寄っちゃいけないと思っていた。……今でも思っています。だから、こんなふうに婚約者なんだって扱いをされていても、一線を引こうとしてしまう……。この状態が信じられないんです」

ここまで言ったら、彰寛はショックだろうか。幼なじみで婚約もしたと思いこんでいる美優が、彼に心を許していないともとれる話だ。

自分に自信がなさすぎて、彰寛と同じラインに立てない。これがもし美咲ならと考えれば考えるほど、萎縮してしまう。

それでも、美咲の存在を思いだして、彼女が秘密にしていた恋人と失踪したと知るよりはショックではないかもしれない。

美優との婚約もなかったことになるかもしれないが、それならそれでいい。

会社絡みの婚約ではあっても、両家が結びつかなくとも会社はつぶれない。

（彰寛さんは高嶺の花だ。わたしにはもったいない）

テーブルに片肘をつき顔を押さえた彰寛が、大きく息を吐く。呆れたのかもしれない。それならそれでいい。ショックを受けられるよりは、呆れられたほうが離れやすい。

そうしたらまた……物陰から彼を見つめる生活に戻るだけだ。

「……よかった」

「え？」

耳を疑い、つい聞き返してしまう。

彼は今、よかった、と、安堵した声で言わなかったか。

「てっきり俺が……なにか嫌われるようなことをしたのかと……」

「そんなこと……。彰寛さんがそんなひどいことをするはずがないじゃないですか」

「無理やりベッドに押し倒して裸にしたとか……」

「そっ、そんなことをするわけがないです、ありえません！」

誤解の内容が恥ずかしくて、テーブルに両手をついて前のめりになる。腰を浮かせかかるが立ち上がるまでいかなかったのは、やはり周囲の目があるからだ。

すぐに体勢を戻そうとしたが、片手を彰寛に握られ動かせなくなった。

「美優は、俺が好きか？」

「すっ……」

頬の温度が上がり、喉の奥で言葉が詰まった。なんてストレートな聞きかたをするのだろう。

「今の話を聞く限り、少なくとも嫌われてはいないと思ってもいいか？　いつも俺に対して遠慮をしている気がしていた。美優は俺を高嶺の花だと言ったが、なぜそう感じる？　俺は、美優にとってそんなに遠い存在ではないはずだ」

「だから……、彰寛さんはなんでもできて素敵な人だから……。わたしなんかが近くにいるなんて、そんなことは……」

「どうして。美優はこんなにかわいくて素敵な女性なのに。俺のほうこそ、美優に相手にされていないんじゃないかと不安になったくらいなのに」

「そんなわけないじゃないですか。わたしなんて……」

「なんて、じゃない」

包まれていた手が強く握られ、美優の言葉は止まる。真剣な眼差しを向ける彰寛の口調は、一層真剣みを帯びた。

「そんなに自分を堕とすな。美優はどうして、そんなに自分に自信がないんだ」

「わたしは……」

なにもかもに自信がなくなってしまうほど、美優ができない人間だというわけではない。

学生時代、成績だって悪くはなかった。むしろトップクラスだったし、学校活動だって積極的にかかわった。大学時代はボランティア活動で表彰されたし、就職の内定だって一番で、第一志望がすんなり通って両親を安心させてあげられた。

だが、自分の頑張りで満足できたことは一度もない。

自分自身の中で「だからどうしたの？」と自問するものにしかならなかった。

美優のどんな頑張りも、美咲の前ではただの〝些細なこと〟にしかならないからだ。

美咲はもっと優秀だったし、誰からも慕われて、美優にも優しくて……。

『美優ちゃんはおとなしいね。お姉さんはもっと元気なのに』

『美咲ちゃん、進学校にトップで合格したんですってね。美優ちゃんも追いかけないとね』

『美優ちゃんピアノは弾けないの？　美咲ちゃんは弾けるのに？』

『あの谷瀬美咲の妹なんだって？　期待してるから、頑張れよ』

親戚も近所の人も、学校の先生も、常に美優を美咲と比べた。

美優がどんなに頑張っても……。

『さすが美咲さんの妹ね』

『お姉さんに追いつけるように、もっと頑張らないと』

『優秀なお姉さんがいて心強いわね』

美優は美咲と比べられる対象でしかなくて……。

幼いころから、ずっと……、ずっと……。

自信なんて、持てるはずがない。

持とうとした自信は、ことごとく別のものにすり替えられた。

出来のよすぎる姉を憎んで、その悔しさをバネにできればまだマシだったのかもしれない。けれど美咲は妹想いで優しくて、傷つきそうになる美優を守ってくれる人だった。

憎めるはずなどない。かえって、あんな完璧な姉なんだから、自分など追いつけなくて当然だと思うようになった。

彰寛のことだってそうだ。

いつも美咲と仲のよい姿を見ていて、二人が並んでいる姿は額縁に入れて飾っておきたくなるほど絵になっていて、とても素敵でお似合いで……。

それに比べて自分は彰寛に似合う人間ではないから、遠くから見ているだけでいいんだと……。

ずっと、ずっと……そう思って……。

「彰寛さんは、記憶障害を起こして、わたしに対する印象が過大になっているんです……。わたしは……本来、彰寛さんがそんなに目をかけてくれるような人間じゃない……。今、貴方(あなた)にそんなに想ってもらえているのが、……信じられない……」

こんなこと言っていいのか、わからない。言ってしまえば、勘違いから始まった婚約者扱いも終わってしまうかもしれない。

しかし、改めて考えても、彰寛が美優に想いを寄せてくれるとは思えない。思う自信が持てない。

彼が美咲を忘れているからこんなことになっていると思うと……苦しい。

握られている手を離してほしくて手を引くと、動きはするが彰寛の手は離れない。それどころか美優の手を握ったまま立ち上がって、テーブルを回り横に立った。

「信じられないと言うのなら、信じてもらえるようにする。俺が、本当に心から美優を想っていることを、わかってほしい」

真剣な眼差しを受けて、美優は言葉が出なくなる。

もしかしたら言いすぎてしまったのだろうか。想ってもらえているのが信じられないと言ったつもりだが、彼を信じられないという意味にとられたのでは……。

「美優……」

握っていた手を両手で包み、彰寛は身をかがめて顔を近づけた。

「俺のものになってくれ。我慢も遠慮もしないで、美優を愛していきたいんだ」

どくん……と、胸の奥で熱いものが脈打った。

美優が戸惑ったのは彰寛にもわかっただろう。しかし彼は迷いなく美優の腕を引き、レストランをあとにしたのだった。

そのままマンションに帰るのかと思ったが、彰寛はレストランが入っているホテルに部屋をとってしまった。

……というより、いつとったのかと思う。レストランを出てすぐにエレベーターに乗り、最上階の部屋まで連れてこられてしまった。

「あの……彰寛さん……」

彼に手を引かれるまま部屋へ入っていくものの、廊下を抜けてリビングに入り視界が広がった瞬間、美優の言葉は止まる。

ゆるく半円を描くように広がるフルレングスの窓。そこから見える天上の星と地上の星が巨大なスクリーンに映し出されたような迫力は、先程のレストラン以上だ。

「ぁっ……」

小さく声を発すると、美優は彰寛の手から放たれて窓辺に駆け寄る。

「海が見えますね」

レストランとは窓の方向が違うのだ。ここからはビル群の向こうに水平線が見える。

なんだか不思議な光景だ。ビル群も海も仕事で見ているのに、それが合わさると初めて見るものに感じてしまう。

隣に立った彰寛が、窓から見える水平線を指でなぞる。

「ここから見える港には、ニシナ・ジャパンや朝陽グローバルとは切っても切れないコンテナターミナルがある。美優たちが慎重に確認をして、完璧に仕上げた書類のおかげで、海外へ旅立っていける商品をたくさん乗せた船が出る場所だ」

「はい……」

彰寛の口調が会社で聞くものに変わったせいだろうか。戸惑いを押しのけて、美優の中にいい意味での緊張が生まれる。

仕事に関しての大切な話を自分の中に取り入れるときに満ちる、いい空気を感じる。

「美優は今日、部長とあそこへ行っただろう？　ＦＣＬ貨物のＣＬＰを確認して、ＬＣＬ貨物の検数人との話し合いに立ち会った」

「はい……そうです」

彼のクライアントの案件ではあったが、ずいぶんと詳しく知っているようだ。もしかして彰寛もあの場に来ていたのだろうか。

美優がキョトンとしていると、彰寛は口元を微笑ませた。

「部長が教えてくれた。いつも褒めているよ。谷瀬は本当に正確で間違いのない仕事をしてくれるから安心できる、って」

「ええっ！」

とっさに驚いた声が出てしまった。まさか褒めてもらえるとは思っていなかったのだ。

部長は厳しい人で、めったなことでは部下を褒めない。貿易実務を行う者は、書類を完璧に作れて当たり前、滞りないクレーム処理ができて当たり前、それでなければ顔も見えず言語も違う国外と信用のある取引などできない。そう言い続けている人だ。

それは決して上司の無茶ぶりなどではなく、本当にそうでなくてはいけないことなのだ。それだから美優も、どれだけ仕事を完璧にこなそうと褒められたことなどない。

「美優は、よく部長に同行して現場へ行くだろう？　あの人は昔から、信頼できる人間じゃないと同行させない。現場で戸惑いなく検数人や一等航海士と話ができなければ足手まといになるからね。美優は部長同行の常連だ。女性では非常に珍しい。美優は仕事ができると信頼されているからだ」

胸がムズムズする。褒められているのが恥ずかしいのに……嬉しい。

「営業やクライアントからも信用がある。わざわざ『谷瀬さんに書類作成をお願いしたい』と言ってくる担当者もいるくらいだ。入社三年目で後輩の指導を任されているのも、美優なら間違いがないからだ」

「でも……わたしは、できて当然のことをしているだけで……」

「当然じゃない。綿密な確認と、ひとつの案件に対して何十枚とある書類を捌(さば)ける力量、そして、国外からのクレームやトラブルにも対応できる応用力、それらが備わっていなければ完璧にはできない。美優はそれができる。すごいことだと思わないか」

「わたしは……」

「誰もが認めているキャリアのある女性なのに、本人だけがそれを認めようとしていない。それどころか自分は仕事ができない人間だと思っている。困った話だ」

「……すみません」

つい謝ってしまうが、これは本当に自分のことを言われているのだろうか。褒められすぎていて、他人事のように思えてくる。

「美優は学生のころも成績がよくて、先生方の評判も上々だった。非の打ちどころのない優等生で、おまけに優しくてかわいい。おかしな男がくっついてくるんじゃないかって、ハラハラした」

「そんな……、そんなこと、一度もないです……」

気を遣ってそんなことを言ってくれているのだろうが、実際、男の子に言い寄られたことなど一度もない。

(あのころは、いつもあかりちゃんと一緒だったから……)

あかりは頼りになる。いつも消極的な美優を引っ張ってくれていた。もしも彼女が男だったら、彼氏ポジションでもおかしくはなかったのではないだろうか。

(でも、わたしは小さなころから彰寛さんが好きだったし。それはないかな)

……そんなことを真剣に考えてしまったあと、ちょっと表情がゆるむ。

「仕事ができて気遣いができて、優しくて一生懸命。こんなに素敵な女性なのに、美優はなにに自信がないんだろう」

「褒め……すぎです……」

だんだん恥ずかしくなってきた。さすがによく言われすぎではないか。

誰にだって長所と短所はある。美優にだって少しは長所はあるだろう。それを誇張(こちょう)されすぎではないだろうか。

「褒めすぎなんかじゃない。美優が自分を認めていないだけだ」

両腕を掴まれて、身体が彰寛のほうを向く。バッグのショルダーが肩から外れ彼の手首まで滑り落ちた。

「美優は素敵な女性だ。もっと自分に自信を持ってほしい」

「そんな……自信なんて……」

「なにをどうされたら、自分に自信が持てる？」

「そんなの、わかりません」

「俺に愛されている自覚が出たら、自信は持てるか？」

「えっ……！」

彰寛の真剣な言葉に驚いた瞬間、彼の腕が身体に回り強く抱き締められた。

バッグが床に落ちたのがわかる。かかえ上げるように抱きこまれたせいか、つま先立ちにならないと床に足がつかない。

ぶら下がるわけにもいかずつま先を伸ばすが、どうも不安定でバランスがとれない。まるで人形にでもなった気分だ。

「あ……あきひろさ……」

「好きだ、美優」

声が詰まり、息を呑む。

彼の言葉が衝撃的すぎて、どう考えたらいいのかわからない。

――その言葉は、美咲を忘れているからこそ出たものではないのか……。

彼が、すべてを思いだせば…………。

「おまえは、俺を高嶺の花だと言ったな。それなら、その俺に愛されているおまえは最高の女だってことになる。自覚させてやる。俺に愛されていることを、その身体に刻んで自分に自信をつけろ」

「そんな……無茶で……」

美優の言葉は続かない。顎を上げた瞬間、彰寛の唇が重なってきたのだ。

強く吸いつかれ、息が止まる。彼から離れようとスーツの肩口を掴む。しかし力を入れる前に両脚をさらわれ、姫抱きに直された。

全身を持ち上げられ、自分でも彼の肩を掴んでしまっているせいか体勢がとても楽だ。重なった唇も優しく表面をなぞり、下唇を食(は)んで吸いついてくる。

「ハァ……ぁ」

初めての刺激に声が小さく震える。吐息が熱くて、彼に触れられている唇がジンジンしてきた。

「そんなに慌ててばかりいないで、観念しろ」

「か、観念……って……」

「観念するなら、裸にひん剥(む)く前に入浴させてやる。まだしつこく『わたしなんか』『わたしなんか』を繰り返すなら、この大きな窓の前で素っ裸にする」

「あっ、あきひろさんっ、なんてことをっ……」

さすがに冗談だろう。しかし彼の真剣な様子は変わらない。

「本気だ」

「そんな……」

カァァ……っと、耳まで熱くなっていくのがわかる。

彼の言いかたが恥ずかしいというのもあるが、考える気もないのに脳裏に言葉どおりの光景が浮かんでしまい、羞恥のゲージが振り切れそうだ。

(や、やらしいっ！ なに考えてるの、わたしっ！)

顔どころか全身が熱い。頭の先からつま先まで発火しているかのようだ。

「美優を抱く。いいな」

少し厳しかった声が、しっとりとしたトーンに変わる。それに反応するように、美優はこくんっと首を縦に振ってしまった。

「……優しくするから」

ひたいにくちづけられ、涙が出そう。恥ずかしいからか、嬉しいからか、自分でもわからない。

そのままバスルーム前まで連れていかれ、美優ひとりがドレッシングルームに入った。

入ってから、へなへな……と頽れる。

全身がトクントクンと脈打って、心臓がどこにあるのかわからない。

（わたし……彰寛さんに……）

どうやらこれから、憧れ続けた高嶺の花に抱かれてしまうらしい……。

信じられない想いとかすかな罪悪感で、美優は眩暈がしそうだった。

第三章　貴方に愛される自信

別の意味でのぼせそうになりながらも、無事入浴を終えた。

しかし美優は、タオルで身体を拭きながら、なんとなくおかしなものを感じたのである。

タオルの横には、見るからにふかふかで気持ちのよさそうなバスローブが置かれていた。さすがは高級ホテルのスイートルーム。素肌にこれ一枚で眠ってしまえそうな手触りのよさである。

だが、美優としては、たとえこれから特定の行為に及ぶのだとしてもバスローブの下に下着くらいは着けておきたい。

全裸にバスローブ一枚では、いかにも、という感じでいやらしさ全開である。

……それなのに。

脱いで置いていたはずの下着類が、ない。

それどころか、服も、ない。

身体に巻いたタオルをグッと握り、美優は服を置いたと記憶している棚を凝視する。ずっと見ていたらいつか見えるようになるのでは……というくらい見続ける。

しかしながら、ないものは、ない。

（服が……消えた）

黙って消えるわけがない。氷ではないのだから融けたわけでもない。だとすれば、考えられることはひとつだ。

「あの……彰寛さん……」

バスローブを着こみ、さらにタオルで身体の前を押さえながら、美優はおそるおそるリビングへと戻っていく。

景色を眺めていたのか、窓の前に立っていた彰寛が笑顔で振り返った。

「早かったな。あまりのんびりされても困るけど」

「はい……なんとなく落ち着かなくて。……ですが、……彰寛さん？」

美優は部屋のほぼ中央で立ち止まり、目をぱちくりとさせる。

「どうして……彰寛さんもバスローブ姿なんですか？」

美優はお風呂上がりだからいいとして、彰寛までバスローブ姿だ。バスローブの裾からスラリと伸びた男性みあふれる筋肉質な脚が妙にセクシーで、なんだか見てはいけないものを見せられている気分になり目のやり場に困る。

結果、目が泳いでしまう美優に、彰寛はサラッと言い放つ。

「スーツはホテルのクリーニングに出した」

「クリーニングですか……。それで脱いで……」

「美優の服と一緒に」

「はいっ⁉」

彼がバスローブ姿なのを納得し、ついでに自分の服がなくなった理由にもたどり着く。

服がないのは彰寛の仕業だろうと見当はつけていたが、まさかクリーニングに出されてしまっていたとは思わなかった。

「どうしてわたしのまで……」

「明日も仕事だし、同じ服で行くことになりそうだから綺麗にしておいたほうがいいだろう？　上から下まで明日の早朝に届くから、心配するな」

「上から……下まで……」

服から下着まで……と考えて、お風呂あがりという理由以外で頬が温かくなる。全部クリーニングに出されたということは、出す準備の際、彰寛に下着を見られたどころかさわられたということではないか。

「美優が入浴しているうちに出してしまいたかったから、俺もバスローブになったってわけ。美優が出てこないうちにと思って急いだからじっくり見られなかったけど、美優のブラジャーがかわいくて手が止まりそうになった。今度は俺が外したいな」

「な、なに言ってるんですか。服がないから驚いたんですからねっ」

恥ずかしさのあまりちょっとムキになってしまう。笑いながら近づいてきた彰寛が美優の前で止まり、鼻までタオルを引き上げた赤い顔を覗きこんだ。

「俺が入浴したあとでもよかったんだけど……。美優のことだから、きっとバスローブの下に下着をつけようとするんだろうなと思って。さっさと出してしまえば、着けられないだろう？」

バスローブの紐をグイッと引っ張られる気配がして、美優は思わずタオルを掴んだ手を下ろして彼の悪戯を防ぐ。

しかしそうすると赤くなった顔が出てしまい、さらに熱さマックスの頬に彰寛の唇が触れるという事態に見舞われる。

「ベッドで待っていて。急いで入ってくるから」

囁きを残してバスルームへ歩いていく。ドアが閉まる音が聞こえて、美優は崩れてしまいそうになる両足をグッと踏ん張った。

そうでもしなければ、腰が抜けて頽れてしまいそう……。

（彰寛さんって……あんな……、あんな……）

あんなに、色気のある人だっただろうか……。

心臓がドキドキと早鐘を打ち、そこから熱が広がっていく。なぜだかお腹の奥が熱かった。

言われたとおりベッドルームへ移動しようとするが、ちょっと歩くだけなのにドキドキしすぎて呼吸が苦しい。

窓に沿って続き部屋が見える。入ると、やはりそこがベッドルームだった。

リビングが明るいだけに、照明が点いていない室内はとても暗く感じる。それでも窓のカーテンが引かれていないせいで真っ暗ではない。

これからすることを考えれば、明るい所で身体なり顔なりを見られるのは恥ずかしい。これはこれでちょうどいいだろう。

「なんだ、真っ暗だな」

すると、いきなり照明が点き室内が明るくなる。ビクッと身体を震わせた美優は、驚きのあまり足がもつれて近くまできていたベッドに腰を落としてしまった。

美優が先ほど入ってきた場所に彰寛が立っている。バスローブどころかタオル一枚腰に巻いただけで、片手には炭酸水のボトルを持っていた。

「は……早っ……、本当に入ってきたんですか？」

「シャワーだけだけど綺麗にはしてきた。安心しろ、汗臭くはないから」

「彰寛さんを汗臭いなんて思ったことはないですっ。真夏に全力疾走したあとだって、彰寛さんは爽やかですっ」

「それって、汗臭い俺も好きってこと？」

彼を庇(かば)ったつもりが、墓穴を掘っただけではないだろうか。汗をかいていようが埃(ほこり)にまみれていようが、彼に対して嫌悪感を抱いたことのない美優は、やはりどんな彼でも好きなのだと思う。

そもそも、高嶺の花と崇拝する彼に、嫌いな部分など、ない。

「美優が待っていると思ったら、長風呂なんてできるわけがないだろう」

「そんな……、ゆっくり入って疲れを落としてきてくれてよかったんですよ？　わたしは構いませんから。ここ温かいし、湯冷めもしなさそう」

「素っ裸の美優がベッドで待っているのに？　想像したらソワソワして風呂になんか入っていられないって意味なんだけど。そのくらいわかれ」

美優の横に腰を下ろし、彰寛はペットボトルの側面を美優の頬にあてる。火照った頬がびっくりするほど冷たい。

彼を気遣って言ったつもりが、かえって焦燥を大きくするだけの返事をもらってしまった。

「す、素っ裸じゃないですっ」

「これから素っ裸にするけど？」

しれっと言って、キャップを開けたペットボトルを美優に差し出す。てっきり彼が飲むために持ってきたのだと思っていたので、受け取っていいものか戸惑ってしまった。

「ベッドで待っているように言ってしまったから、そこで待ってなきゃって真面目に受け取って水分補給もしてないんじゃないかなと思ったんだけど」

「あ……」

「やっぱり」

クスリと笑って美優にペットボトルを渡し、彰寛は枕側へ手を伸ばす。体勢を変えると腰に巻いたタオルがはだけそうになる。美優は慌てて顔をそらしてペットボトルに口をつけた。

冷たい炭酸水が口腔に刺激を与えてくれる。緊張で溜まっていた熱が洗い流されていくようだ。

強炭酸らしく、ごくごくとは飲めない。少しずつ喉に流しこんでいると、張り切ったトーンで彰寛に呼ばれた。

「ほら、美優、ちゃんと用意しているからな」

「ふぁぃ？」

ペットボトルに口をつけたまま目を向けると、彰寛が枕の横をめくりあげている。その下になにかが置かれているのが見えた。

「絶対に気にするだろうと思ったから、先に見せておくから。間違いなくちゃんと使うからな、心配するなよ？」

最後まで聞いて、やっとそこに見える四角い包みが避妊具だと気づく。メディアで見たことはあっても実物は初めて。動揺と驚きで手が震え、炭酸水を胸元にこぼしてしまった。

「あ……彰寛さっ……、それ、どこから……」

「今日のために用意した。今日は絶対に美優に許しをもらおうと決めてきたから」

「今日の……ため？」

せっかく一緒に住むことになったのだから、彰寛としては早くそういった関係になりたかった、ということだろうか。

思えばこのスイートルームにも、レストランを出てすぐに移動できた。……ということは、彼はあらかじめ部屋をとってあったということなのでは……。

「彰寛さん……、もしかして、なんですけど……、今夜は絶対、……その、こういうことをするつもりで用意を……」

「本当はディナーでムードを盛り上げて、思いっきりロマンチックな雰囲気になったところで誘うつもりだったんだけど……」

彰寛が美優からペットボトルを取り上げる。キャップを閉めて床に置いてから顔を近づけ、炭酸水で濡れた美優の唇を親指で拭った。

「ちょっと違う流れにはなったけど、美優が……どんなふうに俺のことを考えていたのかを聞けたし、よかった」

「彰寛さん……」

「自信がついたって思えるまで愛してやるから、覚悟しろ」

「あっ……」

バスローブの胸元をゆっくりと開かれる気配がして、とっさに彼の両腕を掴むが特に力は入らない。ここで「駄目」と言ってしまうのも往生際が悪い気がする。

「炭酸水がこぼれてべちゃべちゃだ。脱ごう?」

そんなにこぼしてはいないはずだが、防ぐ間もないままバスローブを肩から落とされ、ふたつのふくらみがまろび出る。

すぐにかくそうとしたが、それより先に彰寛の両手に包みこまれ、「駄目」を口にしかかった唇をふさがれた。

「ぁ……ン……」

肉厚な舌が口腔を丹念に愛撫する。歯列をなぞり、舌を搦めとった。どう応えたらいいかわからないせいで彼のなすがままだ。

彰寛に応えて少しは美優も舌を動かしたほうがいいのかもしれない。しかし応え方がヘタで彼に憫笑されるのもいやだ。

なにより……恥ずかしい。

彰寛の両手に包まれた胸のふくらみが、ゆるく揉み動かされているのがわかる。胸の表面にこんなにも断続的に刺激を受けるのは初めてで、徐々におかしな心地になってきた。

「やわらかくて……気持ちいいな。美優の胸」

バスローブの腰紐を解かれ、素肌から柔らかなタオル地の感触がなくなっていく。

ベッドに横たわると、触れるシーツの温度差にふるりと肌が揺れた。きっと恥ずかしくて体温が上がっているのだろう。

「綺麗だよ、美優」

ベッドの中央に身体をのせられたときにはすでにバスローブはなく、下着もなにも許されなかった、まさしく〝素っ裸〟の姿を彰寛の前にさらしていた。

見おろす彼も腰のタオルがとれてしまっている。視線を下げると下半身が目に入ってしまいそうで、彼の顔ばかり見ていた。

「あまり……見ないでください……」

「どうして？　恥ずかしい？」

「はい……」

「美優は、さっきから俺の顔ばかり見ているけど？」

クスリと笑う顔がいつもと違う気がする。爽やかなだけではなく意地悪で、淫靡（いんび）なものが混じっているように思えた。

「……どこを見たらいいのか、わからなくて……」

「好きに見たらいい。俺は美優の全身を見ているし、もっと奥まで見るつもりだから」

両胸の中央からへそまでを指でなぞられ、まるで磁石で引っ張り上げられているかのように背中が弓なりに反（そ）る。

「あっ……！」

ビクンと顔が動いた瞬間、彼の全身を視界に入れてしまい慌てて横を向いた。

彰寛の顔が落ちてきて首筋を甘噛みされる。チュッチュッと軽く繰り返される吸引に、いちいち肩が震えてしまう。

「あっ……ン、……ぁ」

「無意識か？　かわいい声を出す……」

両胸のふくらみを寄せ上げて顔を埋めた彰寛は、盛り上がる白肌に吸いついた。二回三回と吸いつかれ、少し痛痒(いたがゆ)い。

「あきっ……ひろさ……、ちょっと、痛い……」

「うん、ごめん……」

素直にそこからは顔を上げてくれるが、彼は片方の頂(いただき)に目標を変えた。

「美優は俺のものなんだ、って……、シルシをつけておきたくて」

「しるし……ぁっ！」

意味を確認できないまま、新たな刺激に襲われる。彰寛が頂に舌を撫でつけてきたのだ。

なんともいえないくすぐったさ。舌が触れるなかでも、ある一点にだけ刺激が集中してだんだんジンジンしてきた。

「ぁっ……ハ……ァ、ヤンッ……」

身をよじろうとしても、彰寛に身体を押さえられているせいで上手く動けない。もう片方のふくらみも大きく鷲掴(わしづか)みにした手で揉み回された。

強く揉み動かされると胸の付け根が押されて熱くなってくる。圧迫感が少し苦しくて、美優は彼の手を押さえた。

「彰……寛さん、少し……苦しい……」

「そうか、すまない」

素直に手を離した彰寛は、美優の手を掴み返し自分の口元へ持っていく。

「美優に触れていると思うと……嬉しくて堪らないんだ……。ゆっくり優しくしてあげたいのに、もっともっと美優を感じたくて先走ってしまう。……すまない……」

「いえ……そんな……」

胸の奥が強く締めつけられる。彰寛が切なげに美優を見つめ、先走る自分を戒めるかのように強く下唇を噛んだのだ。

「彰寛さんが思うように……さわってください……」

こんなつらそうな顔は見たくない。少しでも彼の気持ちが楽になればと、美優はおそるおそる言葉を出す。

「わたしに……自信をください……」

愛されている自信というものが、どういうものかはわからない。またそれが、美咲の存在を隠している罪悪感よりも上であるかは不明だ。

それでも、本当に、……彼に愛されているという実感が持てたなら……。

どんなに幸せだろう……。

きっと、素晴らしい思い出になる。

この先、彼がすべてを思いだして、自分を騙していた美優を軽蔑し嫌っても……。

彼に愛されていた時間は、一生の宝物になるだろう。

「愛されている自信……くれるんですよね……」

美優の言葉に彰寛は憂いを解き、甘やかに微笑む。

「もちろんだ……美優」

ドキン……と胸が高鳴った。その場所を刺激するように彰寛の唇が落ち、柔肌に吸いついていく。

「あっ……ぁ……」

また強く吸いつかれてしまうのかと覚悟したものの、彼の唇の軌跡は強いのに優しく、片手は美優の緊張を解きほぐさんとばかりに脇から腰、太腿を撫でていく。さするように、ときにちょっと力を入れて。それがとても気持ちいい。

「あっ……ハァ、ぁ、あぅン……」

自然と声が出る。美優の感覚としては、疲れたときにお風呂に入り「はぁ～」と声が出てしまったときのような感覚なのだが、実際はそんなほのぼのした声でもない。

「ぁっ……ンッ、あぁっ……」

今まで出した経験のない……、ため息にも似た、甘い声……。

（どうしよう……、こんな声出していたら……彰寛さんに呆れられちゃうかも……）

これが性的な刺激を受けたときに出る声なのはわかる。首筋を食まれていたときに彰寛が「かわいい声」と言ってくれていたのを考えても、声を出すことを彼はいやがらないだろう。

それでも、美優はハジメテなのだ。それなのにこんな反応を見せてもいいのだろうか。

「あっ……やっ、ンッ」

太腿をしっとりと撫でる手が、ときどきさらうようにお尻を撫でていく。お尻をさわられていやらしい声が出ているのだと思われるのが恥ずかしくて、美優は両手で自分の口をふさいだ。

そうでもしなければ、もっと大きな声が出てしまいそうだったのだ。

「美優、ここ?」

肌から伝わる動きで、美優がどこをさわられて反応しているのかがわかるのかもしれない。太腿の下からお尻の円(まる)みに手を差し入れた彰寛は、持ち上げるように力を入れて刺激を与える。

「フ……ぅ、ンッ……!」

口をふさいでいても喉が大きくうめく。刺激的な電流を流された腰が跳ねると、彼の手はさらに位置を直してお尻の柔肉を揉みあげた。

「んん……ぅ」

「柔らかくて気持ちがいい……。こっちと同じくらい……」

胸のふくらみを同時に揉みこまれ、肩を左右に揺らしてじれったさを伝えるが、彼は頂に吸いつき美優の官能を刺激する。

「ふ……ぁ、あぅンッ……あぁんっ!」

ふさがれたまま溜まっていた甘い吐息が、もう耐えられないと指のあいだからこぼれ出す。漏れたのは吐息だけではなく悩ましい嬌声(きょうせい)だった。

我ながら驚いて再び両手でしっかりと口を押さえるが、頂の先端をちゅるちゅると吸いたてられ、反対側も指でつまみあげられると、そこから同時に発生する愉悦はとてもではないが防ぎきれるものではない。

「ぁ、うんっ……ハァ、あっ、や……ダメェ……！」

吐かれる言葉は否定なのに、そのトーンは切なげで……甘い。

彰寛はさらに頂を吸い上げて舌を回す。突起をつまみあげた指をくにくにと動かし、小さな果実をいたぶった。

「あっ……ぁぁ、ダメェ……そんな、しちゃぁ……ぁぁンッ」

「美優は、してほしい、って言ってる」

「い……言ってな……あぁっ、やぁん」

どうしても声が止められない。与えられた刺激のぶんだけ飛び出してくる。

「言ってるよ、ほら……。ここ、こんなに大きくなっているだろう？」

見せつけるように持ち上げられた白いふくらみの上には、擦りたてられて勃ち上がった突起がある。熟した果実のように色を濃くして、見たこともないくらい尖り勃っていた。

「女の子もね……興奮すると勃つんだよ。美優、すごく興奮しているだろ？」

まるで、美優がいやらしいんだと言われているようで恥ずかしい。なぜか腰の奥がずくずくしてくる。

「して……な……、ぁンッ……してないで……んんぅ……」

「説得力ないな」

笑いながら、彰寛は指でいじっているほうと同じくらい大きくなった乳頭を舐めしゃぶる。舌と指では感

じかたが違うものの、どちらも触れられていると体温が高くなってお腹の奥が脈打っているかのように跳びはねる。

自分の身体がこんな反応を起こすなんて知らない。それでも、こんな自分もいやじゃない。これが、感じる……ということなのだろうか。

（彰寛さんに……こんなこと……）

美優の身体に異変をもたらしているのは彰寛だ。それを考えると脚のあいだにむず痒いものが走る。

「んっ……ぅ」

腰がじれったそうに動く。お尻にあった手の指が双丘のあわいをなぞったと感じた瞬間、美優は驚いて腰を浮かせお尻にキュッと力を入れた。

「手遅れ」

「えっ……！」

指はそのまま前へと回ってくる。脚のあいだでぐちゃりとした泥濘（ぬかるみ）を自覚するのと、秘められた領域を掻（か）くように指が動くのが同時だった。

「あっ……ああっ……！」

新しい刺激が下半身に流れ、美優はヒクヒクと両脚を震わせる。

「ぐちゃぐちゃだ……。すごく濡れてるよ……」

「あっ……ああっ、や、やぁん……」

秘部を掻き乱される感触が堪らない。どうしたらいいのかわからないまま、美優は両足をシーツに擦り、膝を立てて腿を狭める。

それで指の動きが止まるわけでもなく、かえって狭めたぶん指を強く感じてしまってこのまま秘孔に沈んでしまうのではと焦燥する。

「ダ……メっ、ぁ……アンッ……」

その危機感から、今度は両脚の間隔を広げてしまう。彼の指がおかしな所へ行かないように、腰を引いては戻すを繰り返した。

「んっ……んぁ、あぁぁんっ……」

上手く逃げられているのか、秘部へのタッチがゆっくりになった気がする。微妙な強さで掻きまぜられる泥濘が秘部に刺激を与えて、じんわりと気持ちよさが浸透してくる。

(……どうしよう……本当に気持ちがいい……)

上手く逃げているつもりで腰を動かしていたが、ふと、おかしなことに気づいた。

……彰寛の指は、動いていないのでは……。

「美優……エッチだな」

「なっ……、どうしてですかっ……」

「俺、指を動かしてないのに、美優が勝手に動いて気持ちよくなってる」

(やっぱり!)

いまさらながら、恥ずかしさが湯水のように湧いてくる。腰の動きを止め、言い訳をしようと口をパクパクさせた。

しかしなんと言ったらいい。刺激的すぎるから逃げていたと言っても、結局は自分で刺激を与えてしまっていた。

「ンッ……」

お尻側に近い部分が、小さく痙攣（けいれん）する。急に刺激がなくなったのを寂しがっているのか、じわじわと疼（うず）きだした。

「美優が自分で気持ちよくなってくれたから、ここ、すごく出てる」

指先が膣（ちつ）口を撫でたのがわかる。腰を震わせ、美優は下半身に力を入れた。

「ほら」

入口の周辺で動かされる指がべちゃべちゃ音をたてる。先程よりも音が大きい。おまけに掻き混ぜられてお尻にまで愛液がしたたっているせいか、下半身が湿り気でいっぱいだ。

「あっ……ああ、ダメっ……彰寛さ……」

「こんなにべちゃべちゃにして感じているのに。駄目なの？」

「だって……あ、んっ……、恥ずかし……いの……あっぁ……」

「俺しか見ていないよ？」

「こんな……こんなふうになっちゃって……恥ずかし……ぃ」

快感に囚われる姿を、彼に見られている。こんなにいやらしい女だったのかと、彼は呆れないだろうか、蔑まないだろうか。

「恥ずかしい？　すごく綺麗なのに？」

「き……れい……？」

「気持ちいい顔をしているときの美優、すごく綺麗だ。扇情的で、我を忘れそうになる。必死で我慢しているの、わからないか？」

「そんな、こと……あっ、ぅん……」

「俺をこんなに煽れるのは美優だけだ。覚えておいて」

とても嬉しいことを言われた気がする。目を向ければ、彰寛はいつも見つめてくれている。恥ずかしがって顔をそらしてばかりいる美優とは大違いだ。

艶のある凛々しい双眸はとても綺麗で、暴力的なほどに魅力的だ。

それでもときおり目尻がヒクつき、なにかに耐えようと長い息を吐く。彼が「我慢をしている」と言ったのは嘘ではないのだと感じた。

「もっと、美優を見せて」

「え……」

彰寛が身体を沈めたのと同時に、膝を立てていた両脚を開かれる。視線を下げると、広げられた脚のあいだに視線を落とす彼が見えた。

「あっ……あきひろさっ……」

膝を閉じようとするものの、彰寛が内腿を押さえているのでそれも叶わない。その内腿を、彼は軽く揉みながら撫でた。

「美優はここも綺麗だ……。たくさん濡れて、こんなに感じてくれていたんだと思うと嬉しくなる」

「ご、ごめんなさい……」

「謝る必要はないけど？」

「だって……わたし、ハジメテなのに、こんな……こんなことばっかりで……」

「だからよけいに嬉しいんだ。ハジメテの美優が、初めて触れた俺にトロトロになるほど感じてくれている。すごく嬉しい」

「彰寛さん……」

「もっと感じさせてやるから」

濡れた秘部に、さらにぬちゃっとしたものが撫でつけられる。視界に入るのは、恥ずかしい部分を舐めあげる彼の姿だった。

「あっ……ぁあっ、やっ、舐めちゃ……」

舌が秘部で蜜を弾く。ぴちゃぴちゃ……という淫水音が、大げさなくらい大きく聞こえた。

「大洪水……」

「ンンッ……ん、あき……ひ……あぁっ！」

蜜口で強く蜜液を吸引する刺激に、思わずつま先が立つ。とっさに伸びた両手が彼の頭を掴んだ。

「ああっ……や、あぁんっ……」

へその奥が熱い。熱が蕩(とろ)け落ちて下半身を潤していく。

蕩ける感触が官能を酩酊(めいてい)させる。押し上がってくるなにかに意識を支配されそうで、怖い。

「ダメっ……彰寛さっ……あっあ……」

「いいから。そのまま感じろ」

彼の舌がもっとも敏感なスイッチを押す。その部分を舌でこね回されると、せり上がってきたなにかが目の前ではじけた。

「あぁぁっ……やぁんっ――――!」

ふわぁ……っと意識が軽くなる。はじけた光でそのまま真っ白になりかかるが、要の秘芽を吸い上げられ、瞬発的に意識が戻った。

「あっ、ぁぁ……」

「美優……」

彰寛が身体を上げ、美優の髪を撫でる。先程の刺激で少し頭がボーっとするが、彰寛が嬉しそうに微笑んでくれているのはわかった。

「美優がイってくれたんだと思うと、ムチャクチャ嬉しいな」

ひたいに彼の唇が落ちてくる。美優もそうだが彰寛の息も荒くなっていて、唇の軌跡が熱い。

彰寛が枕の下に手を伸ばし、美優を安心させるためにあらかじめ見せてくれていたものを取り出す。いよいよなんだと思うとにわかに緊張するが、達した余韻なのか全身がふわふわしていて力が入らない。

上半身を起こして用意を施した彼が、再び覆いかぶさってくる。

「美優を、もらうよ」

指や舌とは違う熱さが、秘部をぐるりとひと撫でしてから蜜口に貼りつく。ドキリとした瞬間、そこに力が入り大きく口が広がった。

「あぁっ……！」

脚の付け根を大きく引っ張られたような引き攣れ感。ボコッと大きな鏃を呑みこみ、未開の蜜溝が拓かれていく。

「あぁ……ぁ、ンッ……」

「痛いか？　しがみついていいんだぞ」

「は……い、……は、ぁっ、あ……」

痛いというか、引き攣れが強いというか、微妙な感覚だ。呼吸をしようとするだけでそこが引き攣るので、痛いというよりもそれがつらい。

「きついな……」

呟く声にドキリとする。彰寛にしてはとてもつらそうなトーンに思えたのだ。

目を向けると、微笑む彼と視線が絡む。

「美優……少し、力を抜けるか……？」

「……ち……から……ぁっ……」

「このままじゃ、美優のナカに入れない……。少しだけ……」

片方の太腿を揉むように撫でられてハッとする。挿入の緊張で、ずいぶんと力が入っているのがわかる。入りすぎて震えているくらいだ。

きっとこのせいで彰寛がつらい思いをしているのだと思うと、破瓜（はか）の緊張で固まっていたものがスンッと引いていく。

脚の力が抜けた瞬間、美優を苦しめていた引き攣れ感も弱くなった。

「ありがとう。美優」

彰寛は嬉しそうに少しずつ腰を進める。自分の中が広げられていくのを感じながら、美優は彼の肩から腕を回した。

「あき……ひろさ……」

「つらい？」

「……大丈夫……です」

「本当？」

「ンッ……！」

狭窄（きょうさく）な隘路（あいろ）がメリメリと音をたてて拓かれ、彰寛の形に広がっていく。その広さのまま、ときおり小刻みに前後され熱い摩擦が発生した。

「あっ……あ、ンッ……ぅ……」

慣らそうとしているのか進んでは引き、引いてはまた進み。どんどん、徐々に奥まで侵入してくる。

「美優っ……クッ……」

彼がまだつらそうにしている気がして、美優は両手のひらで彰寛の頭を支えて撫でる。

「あき……ひろさっ……んっ、つらい、ですか……?」

「なぜ?」

「つらそうに……見えて……ぁっ……ぅンッ……」

彰寛は小さく笑い、美優の唇にキスをする。彼女の頭を撫で、こつんとひたい同士をつけた。

「違うよ。美優の中に入れたことに感動しているんだ。感動しすぎて……我慢できなくなりそうでつらいだけ……」

感動するなんて、なんて嬉しいことを言ってくれるのだろう。美優は体内を埋めてくる彼の気配を感じながら官能を震わせる。

「感動するのは……わたしのほうです……」

繋がった部分に引き攣れ感はなく、ただ大きなものが挟まっている不思議な異物感だけがある。

大きな質量が自分の中に取りこまれていくにしたがって、なんとも言い表し難い心地がじわじわと生まれてくるのを感じていた。

「彰寛さんと……こんなこと……。嘘みたい……」

「美優……」

「夢でも……ありえないと思ってた……。彰寛さんに……抱いてもらえるなんて……」

妄想も許されなかった。本当に、彼に抱かれる日がくるなんて。

そう考えると涙が出てくる。嬉しくて。でも……申し訳なくて。

「美優を抱けて……嬉しい」

彰寛の唇が目尻に触れ、こぼれ落ちそうな涙を吸い取る。耳に移動し耳朶を食み、甘い声で鼓膜を翻弄した。

「ずっと……こうして美優を感じたいと思ってた……。俺を受け入れてくれて、ありがとう……」

「あき……、あぁっ……！」

涙が流れそうになった瞬間、繋がった部分の肌が触れ合うくらいまで挿入され、急激に増えた質量に美優は両脚を震わせる。

「毎日でも抱くよ……。もう、我慢しない」

「あき……ひろさっ……」

彰寛の腰が揺れはじめ、蜜窟に刺激が走る。最初は引き攣れるように屹立（きつりつ）の動きに揺らされていた膣襞（ひだ）が、徐々にほぐれていった。

「あっ……ハァ、あっぁ」

「柔らかくなってきた……。動きやすい」

「よかっ……た、あぁんっ……ンッ」

それに従い美優の中にも愉悦が生まれはじめる。出し挿れが大きくなっていくごとに、甘やかな熱も大きくなっていく。

彰寛の動きがリズムをとるように安定してくる。隘路が擦りあげられるたび、ぬちゃぬちゃといかがわしい音が二人の肌のあいだで発せられ、それさえお互いの興奮剤になった。

「あっ……き、彰寛、さぁっ……あぁ、あっ……！」

「みゆ……！」

美優が彰寛を何度も掻き抱けば、彰寛も美優を抱きしめ、頬擦りをしては全身で彼女を感じようと身体を擦りつける。

腰をすくい上げるようにグラインドさせ、大きく内奥を穿った。

「あっ……ふぅ、ンッ、あっあ……ダメっ……熱い……あぁっ！」

「美優のナカが熱いんだ……。わかる？　興奮して沸騰してる」

「ち、違……彰寛さんが……あぁぁっ！」

唇を合わせ熱い吐息を絡めて、夢中で彰寛の舌に応える。触れ合う舌先の感触さえ心地よくて、口腔内が唾液でいっぱいになった。

「ふっ……ぅ、ンッ……ん、んぐ……」

貪るように美優の口腔を犯した舌は、全身を味わい尽くそうと胸のふくらみへと下がっていく。両脇から寄せ上げ、中央で身を寄せ合った尖り勃つ突起を交互に吸いたてた。

「あぁぁっ……やぁん、ダメェ……！」

ただでさえ下半身の愉悦に蕩かされているところへ投下される、胸への刺激。下半身を重くしている疼きが暴れ出す。

「ダメっ……彰寛さん……あぁぁん……！」

胸からの刺激に反応して腰が揺れ、力が入る。淫路をいっぱいにしているモノをきゅうっと締めつけてしまった次の瞬間、彰寛の動きが激しくなった。

「あっ……ぁあっ！　あきひろさっ……あっあっ……！」

強い摩擦が未熟な花筒を掻き荒らす。最奥まで達する充溢感が、爆発寸前までせり上がってきた。

「ダ……メっ……ダメぇっ……もっ、あっぁ……！」

「いいから。そのまま……イって」

「イ……イ……クって……、やっ、はずかし……ァンッ……！」

「その恥ずかしがってる顔、俺だけに見せて」

下半身どころか全身が熱い。擦られている部分から身体が蕩けてしまいそうで、美優は首をいやいやと左右に振る。

「ほら、美優」

彰寛が美優の顔を両手で押さえ、蕩けることを怖がる彼女を見つめる。

「俺も同じだ。一緒ならいいだろう」

彼の微笑みはどこか余裕がない。猛々しさを感じさせる息づかいが、限界だと美優に悟らせた。

「あき……あっ、ぁ……彰寛さぁ……！」

イクというのがどういうものなのか、まだよくわからない。挿入される前に達した感じと同じなのだろうが、相手から見た自分はどうなっているのだろう。

体温の上がりかたや昂揚感、のぼり詰める感覚に泣きそうになっている自分を思うと、とても滑稽な態度をとってしまうのではないかと思う。

「あっ……も、もぅ……やぁ、ぁぁっ……！」

しかしそんな姿も、彰寛になら見せてもいいと思える。

身体が揺れ動くほどに強く腰を打ちつけられ、蜜路の熱が美優を蕩かす。絶対的な官能が胎内で爆ぜた。

「あっぁぁ……ダメぇ――――！」

「み……ゆっ……！」

意識が飛びそうになるのを抑えるために、彰寛の髪を握る。徐々に弧を描く背を止めることもできず、美優は余韻に悶えた。

「あっ……ぁぁぁ……」

最奥で止まった剛直が、数回さらに奥を目指して押しつけられ、深い息を吐いた彰寛が美優を抱きしめる。

繋がった部分がドクンドクンと脈を打つ。自分なのか彰寛なのかわからないけれど、達した気配はあるのに衰えない充溢感に、美優の鼓動まで大きくなった。

「美優……」

彰寛が美優を見つめ、頬を撫でる。

「大丈夫か……？」

「……はい……」

小さく返事をする唇に彰寛の唇が重なる。まだ収まらぬ吐息を絡ませ、美優は重なった肌から蕩けていきそうな自分を感じた。

「……愛してるよ……美優」

このまま……、吐息と一緒に……、重なった肌の熱と一緒に……、本当に溶けてしまいたいと思うのは、いけないことだろうか。

「彰寛さん……」

我が儘（わがまま）になりたい。

今は、自分の心のままに彼に愛されたい……。

「──好きです……」

間違った願いであると叫ぶ理性に、美優は言い訳をする。

──彰寛さんに愛されるときだけ、我が儘でいさせて……。

どうせ彼は、美優を婚約者だと思っているのだから──。

そうして、そっと……その我が儘を胸の奥に閉じこめた……。

＊＊＊＊＊

美優を片腕に抱いて、ウトウトしていた。

彼女の寝顔をずっと眺めていたつもりだったので眠った覚えはなかったが、気がつけば真夜中で、彰寛は眠っていたらしい自分を感じる。

目と鼻の先に、かわいい美優の寝顔がある。柔らかな髪が乱れている頬は、まだ少し紅潮していた。

部屋が薄暗いせいか、それとも単に髪の毛がかかっているからなのか、首筋や肩の肌が妙に白い。首筋にこっそりと付けたキスマークが目立って見える。

横向きになって寝ているせいで、鎖骨の少し下から胸の谷間が強調されて目の毒だ。

汗に混じる……甘い……、美優の香り。

また美優の肌をさまよいそうになる手を、彰寛はぐっと握りしめる。寝起きのせいか血液が安易に下半身へ集中しそうになっているのがわかるが、勢いに任せて手を出すわけにもいかない。

彰寛は美優を起こさないよう、そっとベッドを出る。なにか飲んでクールダウンしようと目論(もくろ)んだ。

念のためスマホを持ってリビングへ出ると、メッセージが入っている。冷蔵庫からミネラルウォーターを出し、飲みながら確認をした。

〈美優は大丈夫でしたか?〉

「また、美優の心配か……」

苦笑して返事を打ちこむ。相手はもう寝ているだろうが、既読がついた質問に答えず放置していたらあとが怖い。

彰寛は美優に自分の気持ちを伝えた旨を書きこむ。送信してからひとつ頼みごとを思いつき急いで追加した。

「これで安心だ」

ペットボトルを口にしながらソファに向かうと、美優が感動したパノラマの窓がみえる。そこに全裸で歩く自分の姿が映り、美優に見られたら怒られそうだと笑みが浮かんだ。

『彰寛さんっ、せ、せめてなにか穿(は)いてくださいっ』

真っ赤になった顔を両手で覆って、それでも指のあいだからチラチラと彰寛の様子を見ている……。

「それもいいな」

美優のかわいい反応を見たいばかりにチラッと顔を出す意地悪心。

しかし駄目だ。下手に美優を困らせるようなことをすれば、とんでもなく怒る人間がいる。

「実際……今、困らせてはいるんだが……」

ミネラルウォーターをあおり飲み、大きく息を吐く。クールダウンできたというより早く美優のそばに戻りたくて、彰寛はカラのペットボトルとスマホをソファ前のテーブルに置きベッドルームに戻った。

元の位置に戻ろうとしたが、裸の美優を正面から見てしまうとなるとクールダウンの意味がなくなりそうで、彼女の背中側へ潜りこむ。

同じ方向を向き、片手で頭を支え美優を眺める。肘をついているぶん視界が高くなるので、かわいい寝顔がばっちり見えた。

（かわいいな……）

美優を見つめていると、ついつい唇がゆるむ。

……昔からそうだ。顔もそうだが、やることなすことみんなかわいくて目が離せなかった。

肩にかかる髪をうしろへ寄せると、美優の顔がはっきりと出てくる。それはいいのだが肩と首筋までその白さを主張しだしてドキリとした。

「美優……」

……どれだけ待ったと思う……。

……どれだけ、おまえを手に入れられる日を夢みたと思う……。

美優の横顔を見つめたまま、無意識に片手が動く。彼女の肩のラインをなぞり、その肌質を感知すると、飛び出したくてうずうずしている劣情が重い扉を押し開きだした。

肩から腕を経過して腹部へまわった手は、上へ行こうか下へ行こうかで迷う。両手を使えれば迷うことはないが体勢的に無理だ。

手の向きを変えればすぐに柔らかなふくらみの裾野を感じることができる。横を向いているおかげで双丘が寄り添い、ふたつぶんの柔らかさを手のひらに感じることができた。

軽く掴むと、その弾力で柔らかなふくらみが張りつめる。指を伸ばして違う感触を持つ小さな突起に触れ、指先で回した。

柔らかかった突起に、芯が入ってくるのを感じる。

眠っていても愛撫に感じてくれる美優の身体を感じ、扉を押し開けた劣情が揺らめき彰寛の官能に火を点けた。

突起をつまんで軽くひねる。もっともっと固く凝らせたくて指に力が入りかけるが、美優が目を覚ますかもしれないと感じて躊躇した。

……別に目を覚ましてもいい。あまりにも美優がかわいくてつい手が動いてしまった、とでも言えば、ちょっと困った顔はするだろうが美優はいやがらないだろう。

そうは考えるが、彰寛の手は胸の柔らかさを感じながらこっそりと乳首をはじくにとどまる。

ちょっと悪戯をしているような感覚が、妙に神経を昂(たかぶ)らせる。今まで何度も美優に触れたいと思いながら遂げられなかった日々が、よみがえってくるようだ。

触れたかった……。抱きたかった……。

自分のものにしてしまいたかった。

慣れ親しんだ幼なじみという無防備さで、警戒心のない美優を感じるたび、何度その信頼を裏切ってしまおうと思ったか。

……一度だけ……、裏切りかけたことがある……。

転寝する美優に、唇で触れたとき……。

——駄目よ、彰寛。

それを咎めたのは、穏やかだが厳しい声だった。

名残惜しげに胸を離れた手は、ボディラインに沿ってお尻側へ落ちる。脚のあいだのかすかなあわいに忍べば、そこは期待どおりしっとりとした潤いを残していた。

その感触が、美優の中に入ったときの昇天してしまいそうな昂ぶりを思い起こさせる。暴れだしかかる指を必死に抑え、熱い秘部を手のひらでゆっくりと擦った。

吸いつく、やわらかな感触。体内の熱は上がっているのに、ゾクゾクっと身震いがする。

「美優……」

鼓動が早い。美優のために紳士であろうとする理性に止められているのを感じながら、彰寛は美優の下半身をうつぶせ気味にかたむかせる。

——駄目よ、彰寛。

またよみがえる、声。

「すまない……」

ぽつりと呟き、彰寛は熱く滾（たぎ）った自分自身を誘惑が漂うあわいに滑りこませる。美優の蜜が絡まり、噛み千切（ちぎ）られそうなくらい喰いついてくる蜜洞を思いだした雄がそこを目指そうとするが……。

「……くっ……」

奥歯を噛みしめ、寸でで止める。

避妊具を着けていない。おまけに美優は眠ったままだ。

ここで劣情に従ってそこまでしてしまえば、自分はとんでもなく堕ちた男になってしまう気がする。

（……もともと、汚い男なんだが……）

自分をわずかに蔑んで、彰寛はゆっくりと腰を揺らす。美優の肌に欲情した猛りを、彼女の秘部に溜まる泥濘の中で擦りあげた。

「み……ゆ……」

蜜孔に挿入したがる切っ先をわざとずらし、腰の動きを早くする。刺激が強くなってきて、自分自身がより熱を持ち彼女の秘窟に入りたいと泣きはじめた。

「駄目……だ……」

自分で自分を制し、彼女の素股を感じながらハジメテの彼女を抱いた数時間前のことを思いだす。

美優の声……。顔、素肌……。

甘い声、艶のにじむかわいい顔、上気した肌……慣れない快感にうねる肢体……。

「うっ……、くっ……」

ゾクゾクっと戦慄(せんりつ)が走る。解放感が訪れた瞬間腰を引き、シーツに欲情の証を吐き出した。

昂ぶりが治まってくると、美優が目を覚ましていないかが気になってくる。そっと顔を覗きこんでみたが起きている様子はなかった。

挿入したわけではなくとも、我慢できなくてこんなことをしてしまったと知ったら、美優はなんと言うだろう。

――冗談ばっかり。彰寛さんはそんな行儀の悪いことしませんよ。

疑うこともせず笑い飛ばすだろうか。おそらく美優は、冗談だととらえるだろう。

美優が言ったのだ。彰寛は、彼女にとっての高嶺の花だと。

「……違うよ……美優」

美優の顔を見つめ、髪を撫でる。彰寛を高嶺の花だと言い、彼に近寄れなかった美優を想って心が憂う。

高嶺の花なんかじゃない……。

そんな、綺麗な男じゃない。

自分の心のまま、欲望のまま、美優をそばに置いておきたかった。

何度、心の中で彼女を犯したかわからないほど、彼女が欲しかった。

きっと……、あのストッパーがなければ自分は美優を穢(けが)してしまっていたのではないかと思う。

――駄目よ。彰寛。……美優の気持ちを裏切らないで。

美優が見つめ続けてくれる自分であろうとした。

信用も人望も仕事での信頼もすべて手に入れて、美優が好きでい続けてくれる頼もしい自分であろうとした。


素直でおとなしくてかわいい……幼なじみ。

近づいてほしい。もっともっと、心から自分に近づいてほしかった。

心を開いてくれたなら、すぐにでも抱きしめようと待っていたのに……。

「美優……」

そっと顔を近づけ、彰寛は美優のこめかみにキスを落とす。

「……高嶺の花は……おまえのほうだよ……」

手に入れたいのに、手に入れられないもどかしさ。

彰寛はずっと、美優に対してそれを感じていた。

――美優が自信を持って貴方の気持ちに応えるなら、私はなにも言わない。

よみがえる声は、彰寛を躍起にさせる。

美優に自信を持ってほしい。

自分がどんなに愛されているのかを、知ってほしい。

＊＊＊＊＊

彰寛にハジメテを捧(ささ)げて目覚めた朝は、気だるくも幸せな余韻に包まれていた。

なんといっても目を覚ましたときに彼がうしろから抱きしめてくれていて、「おはよう、美優」と甘い声で囁かれたのが、なんともいえない。

夢心地とは、こういうことか。

彼も同じ気分だったのだろう。気がつけば……朝からたっぷり愛されてしまっていた。

しかしながら今日も仕事だ。のんびりはしていられない。

できれば時間差出勤にしたかったのだが、彰寛の勧めで朝食をシッカリととってしまったため時間はギリギリである。

クリーニング済みではあるものの昨日と同じ服を着ていくという初めての経験にドギマギしていると、会社に到着して車から降りたタイミングで……救世主に声をかけられた。

そのおかげで安心を得、仕事に入ったのである。……が……。

「これは絶対になにかあるんですよ。朝陽グローバルの罠です」

いきなりの陰謀論に、美優は目をぱちくりとさせる。

「だって、こんなにしょっちゅう仕事が回ってくるのはおかしいです」

二枚の書類を美優に差し出し、勢いづくのは萌果である。例によって確認書類の提出が早すぎて心許(もと)なかったので、再確認を指示したうえでスペルの間違いを指摘した。

たった一文字だし、スペル違いがわかりやすいミスで仮にこのままでも意味は通じる。

しかし、ミスはミスだ。

ひとつのスペルミスが信用を落とすきっかけにもなる。それが、この仕事だ。

萌果は意味が通じるのだからいいと思ったのだろう。それでも指摘されたのが面白くないのだ。おまけにその書類は朝陽グローバルの委託案件だった。

当たりどころのないイライラがここに向けられたらしい。

「以前にも言ったけれど、手数料をもらっている限り同業者であろうと立派なクライアントです。おかしい……ってことはないいんじゃないかな。朝陽グローバルにだって、いろいろと業務上の都合があるだろうし」

「業務上の都合、って、なんですか」

「わたしにわかるわけがないでしょう」

合併の件はまだ公にされていない。よけいなことを言ってはいけないとはいえ、ここまで朝陽グローバルを敵視されると庇いたくなる気持ちも出てくるというもの。

朝陽グローバルは、決して業績が悪いわけではない。それなのに経営統合や吸収合併の方向で動いているのは、おそらく……跡取りがいないことが大きい。

そして、ニシナ・ジャパンが彰寛の社内改革のおかげもあって急成長していることもあり、これからを彼が担う会社にならら朝陽グローバルを託してもいいと判断した。それゆえの合併である。

社員の待遇は今よりよくなるだろうし、合併することでニシナ・ジャパンの業績はさらに上がる。

いいことだらけなのだが……。

「なにかあってからじゃ遅いんですよ。今のうちに切ったほうがいいと思います」

同業と言うだけでライバル視してしまうのは、業界の内部をよく把握していない新人に多い。萌果もその典型だ。

「お姉ちゃんも心配していました。朝陽グローバルの担当者と会うと話が長いし、密室会談になるから心配だ、って」

「お姉さんが……？」

「はい。もう、そういうことはすぐ耳に入るんで」

真面目に扱ってくれないと感じた美優が関心を持ったせいか、萌果は自慢げに鼻を鳴らす。心なしか胸を張ったようだ。

「会談が終わると、ずいぶん深刻な様子で戻ってくるそうですよ。疲れが出ないか心配だ、って、お姉ちゃんが言ってました。向こうの担当者は中年のオジサンらしいんですけど、副社長が若いから馬鹿にされてるんじゃないでしょうか。失礼な話ですよ」

わたしだけが知りうる情報と言わんばかりの生き生きとした滑舌。だが、美優にとっては腑(ふ)に落ちない情報だ。

担当のオジサン……というのは、美優の父親のことだろう。仕事を少しずつ回しながら合併に関する話し合いをしている。それだから秘書さえも近づけず、密室会談になるのだ。

これからに関わる大切な話をしたあとなのだから、深刻な顔になっているのは当然。

だが……。

喜代香はそんな事細かに彰寛の様子や仕事に関することを、妹に話すのだろうか……。

仮にも秘書だ。ボスの仕事内容に関しては秘守義務があるだろう。相手が妹であってもだ。

現に、姉の美咲は父の秘書として、父が仕事であんなことをしたこんなことをした、誰に会っていやそうだった、などの話を美優にしたことはない。

会社は違えど同じ業界で働いているのだから、それに関した話はしても、お互いの会社の内情を伝えあうようなことはしなかった。

朝陽グローバルと会談したあとの様子や、委託が多すぎるのはなにかあるからではないかなどを話題にするのは、少々おしゃべりがすぎる気がするのだが……。

「ときに……先輩……」

萌果の口調がさぐるようなものに変わる。顔を向けると、身をかがめて美優を覗きこんでいた。

「先輩は……今日はデートなんですか?」

「……どうして?」

いきなり話が変わった。美優があまり話にのってくれないからだろうか。

「だって……ブラウスが妙にかわいいし……。シュシュつけてるし……」

首を動かしながら美優を眺め、萌果はひと昔前の刑事ドラマよろしく指をひたいにあてて考えながら持論を展開する。

「先輩は、いつも地味目じゃないですか。ブラウスもシンプルだし、地味なバレッタとかクリップなら髪につけていたこともあるけど、シュシュなんて初めてだし。そう考えると、今日はメイクにも張りがあるようなな……」

このくらいの注意力が仕事にも欲しい。逆に、いつも「地味女」と馬鹿にしている美優がいつもと違うからよけいに気になったのかもしれない。

ウエストの切り替えで少々裾広がりになったブラウスは、首元を締めたスカーフカラーになっているのが特徴だ。

シュシュもベージュ地に同色のレースをまとわせてあるお洒落な仕様。

ブラウスにしても髪にしても、いつもと雰囲気が違うのは間違いではない。

しかしこのふたつのアイテムのおかげで、「昨日と同じ服だ」という詮索からは上手く逃げられている。

すべては救世主のおかげ……。

——出社の際、車を降りた瞬間、あかりに見つかった……。

意味ありげに「みーたーぞー」と言われてドキッとしたものの、彼女はすぐになにかを察したらしく、彰寛に「この子借ります」と断ってさっさと美優を更衣室へ連れこんだ。

『バーゲンで買ってロッカーに突っこんだままのやつ、貸してあげるから』

と言って貸してくれたのが、このブラウスとシュシュである。

昨日と同じいでたちの美優が彰寛と一緒に出社してきたのだから、なにがあったのかわかって当然。それを追及せずに対処してくれる心の友に大感謝である。

気が利きすぎて申し訳ないくらいだ。

「デ、デートなんかじゃないよ。前にバーゲンで衝動買いしちゃったんだけど、着ないままなのもアレだな……と思って着てきただけ。シュシュも同じく」

あかりの言い分を拝借して言い訳をする。しかし萌果はあまり納得いっていない様子で、美優を覗きこんでいた身体を戻す。

「そうですかぁ？　でも、メイクもいつもと違いますよね……」

メイク直し程度のものしか持ち歩いていないせいで、朝はいつものナチュラルメイクにさらに輪をかけたナチュラルさだったのだが、これもまたあかりのナイスアシストでいつもどおりに戻すことができた。

だが、彼女から借りたものを使ったので、似た色であってもメーカーやブランドが違えばかすかに違う……。

「そのルージュの色、……見たことがある気もしますけど、初めてつけますよね？　初めての色をつけるときって、なんか特別なときじゃないです？」

その注意深い観察眼を、ぜひ仕事に生かしてほしい……。美優は改めて思う。

「こらっ。くだらないことで突っかかってんじゃないよ。その見事なまでの観察眼を仕事に生かしなさい」

美優の心がそのまま言葉になっていたので、一瞬自分が言ったのかと思った。

そんなはずもなく、いつの間にか横に立って睨みを利かせていたあかりを見て、萌果はギョッとする。

「中谷さんは、もう少しマーケティング知識を叩きこんだほうがよさそうだ。谷瀬女史の指導は優秀だからね、素直に従っていればインコタームズも熟知できるくらいスキルは上がるのに、君は中途半端すぎる。部長に言って、しばらくのあいだ私が指導役になろうか？　他人の化粧を気にしている暇なんてないくらい、マーケティングと商談スキルを磨いてあげるよ。そうしたら、今の朝陽グローバルがどれだけうちの会社に有益か、いやでもわかる。わかった瞬間涙が出るね」

萌果の顔色がみるみる変わっていく。

的確だがほんわり優しい美優の指導とは違って、あかりは的確かつ厳しく容赦がない。アメとムチの使いかたが上手く、商談を伴う現場にはよく同行する。

そんなあかりが、萌果は苦手だ。苦手というか怖いのだろう。

「すっ……すみませんっ、もう少し勉強しますっ」

萌果は急いで頭を下げ、そそくさと自席へ戻っていった。

「ったく。よけいなお世話だってての」

フンッと鼻を鳴らし、視線を美優に移す。鋭かったメガネの奥の瞳が瞬時になごんだ。

「でもさー、意外に似合ってるよ、そのブラウス。捨てないで取っておいてよかった」

「……もう、なんていうか、いろいろあかり様のおかげです」

これでもし服装が昨日のままなら、萌果になにを詮索されていたか……。本当にあかりのファインプレーに感謝である。

「美優はかわいいんだからさ、会社に来るときももう少しお洒落してもいいのに」

「いや、かわいいとか、ないし」

片手を振ってハハハと笑う。頭にポンッとあかりの手がのった。

「かわいいよ。自信を持って」

(——あれ?)

美優の中で、なにかがフラッシュバックする。

……この仕草が、誰かにとてもよく似ているような気がした……。

「ところで、美優は社食に行く？　今日の日替わり、ステーキ丼らしいよ」

いきなりお昼ご飯の話でなにかと思えば、もう昼休み目前だ。美優は片手を胸にあててハァッと息を吐く。

「どうしよう……。今朝、結構しっかり食べたからなぁ……。あまりお腹すいてないかも……」

それもあるが、昨夜のことで胸がいっぱいで、なかなか空腹感にまで神経がいかない。

「肉食べておきなよ。今夜のためにも」

「なっ……あかりちゃんっ、なんてこと言うの」

とっさに反論するが、……ここは、別にムキになる場面ではない気もする……。

メガネの奥の双眸が、にやぁ～っと不敵に細められる。

二日連続で一緒に出勤した現場を押さえられているうえ、今朝は同じ洋服だったのも知っている。詳しいことはまだあかりには話していない。話せるようになったら話してとは言われているものの……。

もう、彰寛と美優が男女の関係になったことは悟っているだろう……。

「た……食べる……」

「よしっ。ちょうど時間だし、お昼だお昼。そうと決まればさっさと行くよ」

腕時計を確認し、あかりは美優の肩を叩く。今の話で、先程胸に引っかかったことなどどこかへいってしまっていた。


「陰謀論？」

彰寛の語尾が上がる。

突拍子もない意見に驚いたのだろう。美優だって聞いたときは驚いたのだから無理もない。

「はい……。やっぱり、なんかおかしいって思っている社員はいるんでしょうね」

昼間の萌果の意見を、誰とは言わず軽く伝えたのだ。同業者の案件が回ってくるというのは他業種でも下請けなどでよく見られることだが、この場合は下請けとは違う。

朝陽グローバル内でやれている仕事をどうしてこっちに回すのかと、不思議に思っているのは萌果だけではないかもしれない。

あかりのように利益面をメインに考えられれば、そんなこともないのだろう。

「合併の準備も整ってしまえば、公表できる。そうしたら……俺たちのことも隠さなくて済むな」

うしろから美優の身体を抱いていた彰寛の手が裸の胸に回ってくる。美優はさりげなくその手を掴むが、反対側の手で腹部を撫でられヒクヒクと腰が震えた。

「あ……彰寛さん……」

「なに？」

別に悪いことなんかしていませんよ、と言わんばかりの態度の彼を肩越しに見ると、ちょっとずるい表情で微笑んでいる。

会社帰りに二人で食事をしてマンションに帰り、入浴後すぐにベッドへ引っ張りこまれた。

引っ張りこまれたというと強引に感じるが、……ちょっと強引だった、とは思う。

なんといっても昨日初めて抱かれ、朝にも肌を重ねて、それでもまだ求められたとあっては、美優としては恥ずかしさのあまり「昨日も今朝もシましたよね」と抵抗にならない抵抗をしてしまうところ。

『朝だろうと昼だろうと夜だろうと、毎日美優を抱きたいのは当然だろう』

とやり返され、その情熱にあてられて、抱かれてしまったのである……。

快感でぼんやりしている身体を彰寛に預け、他愛(たあい)もない話をしていたところだ。

しかし彼の手がちょこちょこ動いて肌に悪戯をする。そのたびに掴んで押さえるのだが……。

「なんで手を動かすんですか」

「そろそろ二回戦に入ってもいいかな……って探ってるから」

「にか……今朝もシたじゃないですか」

「関係ない」

掴んでいたはずの手が、ぐにゅっと胸のふくらみを鷲掴みにする。指のあいだにまだ膨らんだままの乳頭を挟まれ、ビクビクと肩が揺れた、

「あっ……ン」

「何回でも美優を抱きたい。……今まで我慢していたぶんも……」

「がまんって……あっ……」

お尻に硬い屹立が押しつけられ、体温が上昇する。いつの間にこんなに大きくなったのだろう。なんとなく覚えているのは、一緒に達したはずなのに、抜け出るときの彰寛自身にさほど変わりがなかった気がしたことだが……。

「駄目?」

動きを止め、切なそうな声が美優を責める。

これはズルいと思いつつ、美優はこそっと首をかたむけ彼と目を合わせる。察したように唇が重なり……。

「……何回抱いても、足りない……」

トロトロになりそうな囁きに、くらくらする。ぐにゅぐにゅぐにゅっと、まるでゴムボールを握るかのように胸のふくらみをもてあそぶ仕草は、その弾力を楽しんでいるかのよう。

入浴後にすぐ彼に抱かれた熱が戻ってきて、乳房が張り詰めていくような気がした。

「んっ……あきひっ……」

耳朶を食まれ、唇を動かされるとくちゅくちゅといやらしいことを思いだしてしまいそうな音がする。鼓膜が痺(しび)れて、それだけで身悶(みもだ)えを起こした。

「ぁああ……ああ……」

「いいな……すごくイイ声だ……」

「やっ……ぁンンッ……」

鼓膜に淫猥(いんわい)な声が響き、戯れに逃げようと枕に顔を押しつけ。うつ伏せに身体を倒す。しかしそれはあまり逃げたことにはならず、胸を掴む力を強くさせただけだった。

「この感触が美優のものなんだと思うと……ほんと、堪らない……」

うっとりと感じ入る口調で、彰寛は柔らかなふくらみに指を喰いこませる。それだけでは飽き足らず、親指と人差し指でまだ固く凝っている突起をつまみ擦りたてた。

「ンッ……ん、だめぇ……」

足を悶え動かすと、お尻にあたった彼の屹立をより強く感じてしまう。ぐりぐりと尻肉を押しこめてくるので美優はちょっと反抗した。

「彰寛さっ……、そんなに、押しつけない、でぇ……」

「美優がもぞもぞいやらしく動くから、押しつけているように感じるんじゃないのか？　俺はさっきから動いてないし」

「う、うそぉ……ぅンッ……だって……」

押しつける力が強くなっている。というか、どんどん大きく張りつめていっている気がする。

「裸の美優とくっついてるのに、硬くならないほうがおかしい。抑えが利かないくらい滾ってきてるのがわかるから、そのせいかな」

やっと自分のせいだと認めるものの、彰寛の口調は楽しそうだ。胸に食いこむ片手が離れたかと思うと臀部を滑ってうしろから蜜口を探られた。

「あっ……！」

「……ぐちょぐちょじゃないか……」

彼の言葉そのままの音がたち、指が泥濘で遊ぶ。躊躇なく中指が蜜口から潜り、上壁を掻くように擦りあげた。

「ぁあっ！　ひゃ……や、ぁあっ……」

微電流のもどかしさに自然と腰がうねる。美優の反応に気をよくしたのか、指は大きく内側を掻き混ぜ、もっと奥まで行こうと指先を突き立てる。

「んっ、ぁ、ダメっ、そんなに……オク……」

押しつけられた滾りが熱くて痛い。彼がこんなになるくらい興奮しているのだと思うと、美優の熱まで煽られた。

こんなことで興奮する自分がおかしい気がして、美優は片手で軽く彰寛の腰を押す。

「ダメェ……お尻につけちゃ……」

押しつけないで、の意味だったが、彰寛は少々違う意味にとったようだ。滾りを横にずらし、双丘の谷間に滑らせた。

「あっ……！」

「押しつけるのが駄目なら……、ここで挟んでもらうしかないんだけど」

「あっ……あぁ、や……ァンッ」

うしろから滑りこんだ雄茎は秘部に押しつけられる。内側に感じたことはあっても、そのものの熱さを秘溝に直接感じるのは初めてだ。

剛直の皮膚が潤沢な潤いの中で発熱している。その熱が前後に揺らめきだした。

「あっ……ん、んっ」

指でも舌でもないもので、蜜床を擦り散らかされる快感。強い刺激が膣口から陰核までまんべんなく擦りあげていく。

「あぁぁ……彰寛さっ……」

擦りあげるリズムが速くなっていく。内側ではなく外を擦られているのにお腹の奥がきゅうっと苦しくなるくらい気持ちがいい。

身体もそれがわかっている。秘部の潤いはあふれ、意識せずにはいられないほどの淫音をたてる。擦りあげる雄竿は今にも蜜洞に引きこまれていきそうだ。

「やっ……やぁンッ、ダメっ、あぁぁ……！」

いつの間にかわずかに腰が上がり、お尻を突き出すような恥ずかしい格好になっている。それでも気持ちよさに勝てなくて、美優は両手でシーツを掴んで首を左右に振った。

「ンンッ……あき、ひろさっ……あっ、ダメ、ぅウンッ……！」

「ナカ、うずうずする？」

「やっ……や、わかんな……ぁぁ！」

「美優のココ、早くちょうだいってピクピクしてる」

「や……やだ……彰寛さ……いじわるっ……」

確かに膣口が収縮しているのはわかる。反応して勝手に動いてしまうのだから仕方がない。

「挿れるんじゃなくても……やっぱり起きてるほうが気持ちいいな……」

昂ぶりをかくせない美優に扇情され、彰寛は絞るように乳房を揉みしだき、放した手で美優の腰を高く持ち上げる。

三角形を作るようにお尻が持ち上がった自分の体勢に羞恥する間もなく、待ちわびる場所に熱杭が打ちこまれた。

「あぁっ！　ぁっ、熱……ぃ……ん……」

「美優のナカが熱いんだ……。とろとろで、すごく気持ちがいい」

「や、やぁ……」

陶酔する口調で、彼がどれだけ美優のナカで恍惚としているかがわかる。彼が自分の身体に感じてくれている悦びと素直な快感が、美優の官能を盛り立てた。

「興奮してる？　すごくビクビクして締めつけてくる」

「や……ぃや……そんな、あっンッ……」

「いやらしい眺めだな……。綺麗だ……美優」

とんでもない痴態を見られている気がする。そんな姿でも、彼に「綺麗だ」なんて言われると子宮の奥がきゅんっとして、膣洞がひとりでにうねった。

もう我慢ならないとばかりに彰寛が腰をゆすりたて、まだ未熟な隘路を押し広げ慣らしていく。お尻の双丘を掴まれ、押さえつけるように突きこまれた。

「ああっ！　ァっ、ぅンッ、ダメェ……強いっ……あああっ！」

肌同士がぶつかる音が驚くほど鮮明で、そこに蜜が弾ける濫りがわしい音が混じってくる。繋がっている部分が溶けだすのではないかと錯覚するくらいの濁音が鼓膜を酔わせた。

狭い隧道が擦りたてられるたび快感の粒が放出される。こんなに気持ちよくなっていたらおかしくなってしまうのではないだろうか。

「あき……ひろさぁ……ああんっ……！」

そんな妄想にも似た気持ちで片手を彼に伸ばそうとすると、両手を取られうしろへ引かれた。

「あああっ……やぁん……！」

彼の抽送は勢いを増し、美優を激しく揺さぶり続ける。強く突きこまれるたびに上半身が下がっていく。

膝が震え、崩れる一歩手前で彰寛が剛直を引き抜き両手を放した。

「ああんっ……！」

とっさに支えることもできないまま、美優はシーツにうつ伏せに倒れる。いきなり突き放されてしまった気がして振り向くと、彰寛が避妊具の封を切ったところだ。

「危なかった……。我を忘れるところだった……」

苦笑いをしているが、声が本当に焦っている。

彼が我を忘れかけるなんて……。それも美優を抱いていてだ。

また子宮の奥がきゅんっとする。もし本当に我を忘れたままでも許してしまえそうな不埒（ふらち）な自分が顔を出しかけるが、美優はそれを押しこめた。

「……彰寛さんは……そんなズルいことしません……」

そう言った美優をあお向けに返し、大きく開かせた両脚を腰にかかえて、彰寛は彼女の奥底にまで突きこんでいく。強く勢いのある挿入に、美優の官能は弾け飛んだ。

「あああっ……やぁぁん――――！」

挿入された瞬間に達してしまった自分が恥ずかしい。思わず両手で顔をかくすが、その手を彰寛に掴まれ、ゆっくりと開かれた。

「かくしてはいけないよ。いやらしい美優、俺にたくさん見せて」

「……いやらしいのは……彰寛さんです……」

「そうかな？」

「そうです……」

「じゃあ、確かめる」

またゆっくりと、彰寛の腰が揺れ出して……。

確かめる名目で、夜通し続く甘く淫靡な時間。

昼にあかりのおススメに従ってよかったと……思わずにはいられない。

第四章　姉妹の形

「美優、デートしようか」

「駄目です」

一秒の迷いもない即答だった。

彰寛と暮らしはじめて一ヶ月が経った土曜日の朝。

朝食を作ってくれた彼が、ベーコンエッグに温野菜、タコさんウインナー付き、というかわいいプレートを美優の前に置きながら笑顔で言ったのである。

彼としては美優も賛成してくれると思ったのだろう。なんなら椅子から立ち上がり「行きたいです！　嬉しい！　彰寛さん大好き！」と言いながら抱きついてくる……、くらいのシミュレーションはしていたのかもしれない。

予想していなかった秒での拒否。彰寛の笑顔はみるみる曇る。

「どうして」

「できませんよ……。こんなに明るいうちから外でデートだなんて。二人で歩くんですよ？　以前にも言ったじゃないですか」

「以前？　なにを？」

彰寛に誘われても一緒に歩くなんてできないという話をしたのは、美咲が一緒にいるときだった。彼は美咲に関することとして、そのときのことも忘れてしまっているのだろう。

「ですから、ほら、わたしは仮にも彰寛さんの会社の一社員にすぎませんし、そんな人間が副社長と一緒に歩いているなんて、社員にでも見られたら大騒ぎになっちゃいますから」

以前にも言ったという部分には触れず、美優は少々戸惑いながら説明をする。当然のことなので戸惑う必要もないのだが、……少し……一緒に歩きたいな……という本心が見え隠れしているため説明にキレがないのだ。

この一ヶ月間というもの、一緒に出掛けるといっても外食やちょっとした買い物がほとんど。

外食は社員には見つかりそうもない高級店が多く、飲みに行くとしても会員制のバーなどに連れていかれていた。

ドライブくらいは目立つ場所で車を降りさえしなければ心配ないとして、昼間から堂々と二人並んで歩くのは、やはりまずいだろう。

「婚約しているのに？」

「だからそれは……」

彰寛のなかで美優は完璧に婚約者ポジションだ。それでも公にしたわけではないし、会社でだって知っているのは社長くらい。

……あかりには、結局まだ話せてはいない。数回話そうとしたこともあるのだが、そのたびにはぐらかされているようにも感じる。

あかりは勘がいいし察しもいい。もしかしたらとっくに気づいていて、わざと聞かないようにしてくれているのではないだろうか。

そんな状態だ。まだ大手を振って外を歩くことなどできない。

一緒に歩く歩けないを考えるより、歩きたいがために婚約を公にされでもしたら、彼が美咲を思いだしたときにとんでもなく苦しむことになるだろう。

言葉を迷う美優を見て、彰寛はふむっと考えこむ。

「じゃあ……、もし知っている人間に会っても俺や美優だとわからなければいいってことだな。変装でもすればいいか」

「それは……そうですけど、そんなの不可能ですよ」

「やってもいないのに不可能はないだろう」

「ごめんなさい。……でも……」

言おうとした言葉が先に頭で回り、美優は急に恥ずかしくなる。彰寛から顔をそらして、変装をしても不可能だと思う理由を口にした。

「彰寛さんは……変装しようとなにしようと素敵だから……、バレちゃいそうです」

「なんだ、かわいいこと言うなっ」

片手で頭を抱き寄せられ、ぐしゃぐしゃっと髪を混ぜられる。食事のあとに整えようと思っていたのでぐちゃぐちゃにされても構わないのだが、自分の言葉が照れくさいのもあって、美優は困った顔をして彰寛の手を押さえた。

「美優は俺と歩きたくないのか？」

「そんなことはないです。……ただ……」

「それなら俺の案に賛成でいいな」

「でも……」

「俺は自信があるけど、美優は心配？」

「はい……」

「賛成がないなら、仕方がないから家ですごすけど。……今週も、土日を通してベッドから出してやれないなぁ……。俺はそれでもいいけど」

「賛成です」

一気にひよる。

というのも、ここのところ毎週ベッドから出してもらえない休日をすごしている……。

早い話が休日はずっと彰寛に抱かれっぱなしというわけだ。

本音を言えば、それはそれでもいい。……とはいえ、「いいですよ」と言ってしまうのも、ずっと彼とベタベタくっついていたいと言っているようで照れるではないか。

手のひらを返すと、彰寛は満足そうに美優を放す。

「そうと決まれば早く朝食を食べよう。用意に時間がかかりそうだから」

ご機嫌でキッチンに入っていく彼を横目で眺め、美優は乱れた髪を軽く直す。

（準備っていったって、着替えくらいなのに）

変装で気づかれないようにするといったって、なにをどうするのが正解なのかわからない。

帽子にサングラス、マスクをして、長いトレンチコートでも着れば美優だとはわからない気はするが
……。

（……なんか、不審者みたいな恰好……）

だいいち、長いトレンチコートなど持っていない。秋とはいえ、まだ長いコートはつらい。

だとしたらウィッグでもかぶって……。いや駄目だ。ウィッグ自体を持ってはいない。

（変装……化粧でも濃くしてみる……？）

ごてごてに塗りたくったすごい顔で彰寛と出かけるのは、逆にいやだ。

置かれたプレートを深刻な顔で凝視し、美優はああでもないこうでもないと考えこむ。すると、自分のプレートを持って席に着いた彰寛がにこやかに言った。

「そんなに心配そうにしなくても、プロに任せるから大丈夫だ」

「そうですか。プロの方なら大丈夫……は？」

釣られて笑顔になったものの、美優はそのまま固まった。

（……プロ……とは？）


朝食が終わってから、美優は普段着のままで外へ連れだされた。

もちろんメイクもしていない。

彰寛も休日用のラフなスタイルのままである。有無を言わせず車に乗せられたので、もしかしたらドライブでもするつもりなのかもしれない。

（変装はっ？）

知り合いに会う可能性の低い遠方まで足を伸ばせば、昼間でも二人並んで歩ける。天気もいいし、そんなぶらぶらしたデートもいいかもしれない。

変装をプロに任せると言っていたが、予定は変更なのだろう。

美優があんまり二人で歩くのを不安がるから、そういうときはこういう手段もあるんだ。というのを示しておきたかったのだろうか。

今度は、〝変装してデート〟という案にのってあげよう。

……と、思ったのだが……。

「美優、着いたぞ」

知人に会う可能性が低い郊外へ着いたというにはまだ早い。それも彰寛が車を停めたのは、高級百貨店の駐車場だ。

「こ……こ……、なんで……。お買い物、ですか?」

「プロに任せるって言っただろう?」

(なにをですかっ⁉)

声を大にして言いたい。

わからないまま車を降ろされると、タイミングを計ったかのようにスーツ姿の男女が駆け寄ってきて彰寛に頭を下げた。

「いらっしゃいませ仁科様。わざわざご足労くださり、ありがとうございます」

「ご用件はお伺いしております。早速はじめさせていただきますね」

二人とも百貨店の従業員らしい。彰寛と馴染みのようなので外商関係だろう。

早速の言葉どおり、すぐに店内へ入った。

連れていかれたのは売り場があるフロアではなく応接室である。

(どうして……こんな所に……)

それも、この部屋へ入る前に彰寛は男性従業員に案内されて違う部屋へ入ってしまい、別行動になっている。ここへ来たのは美優ひとりだ。

入ってすぐ、ただの応接室ではないことがわかる。お洒落なソファセットの他に、大きなドレッサーと美容部員風のにこやかな女性二人が「待ってました」とばかりに頭を下げたのである。

「ようこそいらっしゃいました、仁科様。本日はどうぞお任せください、旦那様のご要望どおりに仕上げて差し上げますので」

「は……？　仁科……では……ぁの、はい？」

（旦那様、とは？）

疑問を広げなくとも察しはつく。彰寛が百貨店側になんらかの手配をした際、美優を〝妻〟と説明したのだろう。

（それ……まずいんじゃ……！）

しかしあたふたさせてもらえる余裕はなかった。

美優は早々にドレッサーの前に座らされ……。

女性二人がかりでメイクをされ、髪を整えられ……。

なにが起こっているのかわからないまま、聞くこともできないままに、トルソーに用意されていた洋服を着せられてしまったのである。

「完成ですよ。いかがですか？」

――プロに任せる、とは、こういうことだ。

目の前の鏡に映る女性を、美優はじっと眺める。

マスカラをシッカリとつけた、いつもより数倍メリハリのあるアイメイク。濃い目の口紅は塗りかたなのか色のせいなのか、唇がぽちゃっと見えて品のいい艶っぽさを感じる。

セットされた髪はゆるやかにカーブを描いた毛先が綺麗に巻かれ、一部にハイトーンのエクステが仕込まれていた。

首から上だけでも、すでにいつもに美優ではない。そこにとどめを刺すのが、身体のラインにナチュラルフィットした膝丈のワンピースだ。

アメリカンスリーブ型で肩が大きく出ているので、シルクレースのショール付きである。

おまけに靴は七センチ高のウェッジソール。そのぶん身長が高くなって、いつもと違う景色が広がりドキドキする。

実をいえば靴は最初、七センチのピンヒールを出されたのだ。

申し訳ないとは思いつつも「その靴は無理です」とお断りをした。理由はひとつ。……あまりかかとが高いと、慣れていないぶん歩きづらいしコケてしまう。

お洒落な人には笑われてしまいそうだが、かかとが高い靴は苦手なのである。

とはいえ、このスタイルでペタンコ靴をセレクトするのは旦那様のご希望に添えない、とのことで、少々問題は発生したが、そこはやはりプロ。

ウェッジソールに変更することで事なきを得た。

不思議なもので、かかとが高くても靴底がしっかり地面についていればそれほど歩きづらくもない。我ながら新発見である。

「別人だな」

美優の気持ちそのままが背後から聞こえてくる。彰寛の声だと感じなにも考えず振り返り、美優はギョッと硬直した。

「すごいな。ずいぶんな変わりようだ」

そこにいたのは、なぜこんな人がここにいるのだろう。不審者なら美優を変身させてくれた女性スタッフが騒ぎだすだろうが、二人ともニコニコしている。

「……え……？　もしかして……、彰寛、さん……？」

美優がおずおずと言葉を出すと、男はひょいっとサングラスを取った。

「そうだけど。あれ？　わからなかった？」

いつもの素敵な笑顔がのぞき、ホッと息をつく。改めて彼を上から下まで眺め、……だんだんモヤモヤしたものが上がってきて、ちょっと怒った声を出した。

「わかるわけがないじゃないですか。どうしてこんな所に〝ヤ〟のつくご職業の方がいるのかと、ビックリしちゃいましたよ」

「それなら大成功だ」

「なにがですか」

「俺のことが大好きな美優でも一瞬わからなかったくらいなら、俺がこの姿で外を歩いても仁科彰寛だとは気づかれないってことだろう？」

彰寛もそうだが、美優もいつもとはまったく違う雰囲気にされてしまっている。じっくりと見ればわかりそうな気もするが、パッと見ではわからない。

二人で気兼ねなくデートできるように彰寛が考えた方法が、これということらしい。

「こ、この姿で……歩くんですか、わたし……」

「そのための変装だろう？　気づかれるのを心配したのは美優だし」

「それはそうですが……」

目の前の鏡にちらっと目をやり、自分の姿を再確認する。美優基準で考えれば、とっても派手だ。この姿で歩いてもいいものだろうか。

「わたし……ヘンじゃないですか……？」

美優が自信無げに言うと、いきなりグイッと顎を持ち上げられた。

「俺が似合うって思っているんだからいいんだ。美優は世界一かわいいし綺麗だ」

「はわっ……」

照れるやら驚くやら。どう答えていいかわからない。

女性スタッフたちや最初に出迎えてくれた二人に微笑ましく見送られながら、彰寛と美優は百貨店を出たのである。

「こうやって一緒に歩きまわれるのって、いいな」

複合施設内にある大規模公園のベンチに並んで座り、彰寛は大きく息を吐く。清々しい口調は本当に楽しそうで、どこか少年っぽささえ感じる。

「美優もそう思うだろう?」

問いかけながら、片手に持つナッツフレーバーのアイスクリームを美優に向ける。ワッフルコーンにのった丸い形のアイスはマイクに似ていて、まるでインタビューでもされているみたいだ。彰寛もそのつもりなのかニコニコしている。

彼のちょっとした茶目っ気にくすぐったくなりながら、コホンと咳払い(せきばら)いをして気取ってみる。

「そうですね。わたしもそう思い……えぇっ?」

途中で驚きに変わってしまったのは、美優が持っていたラズベリー&ホワイトチョコフレーバーのアイスに、彰寛がぱくっと食いついたからだ。

「えっ、ウマっ、なんだこれ、美味(うま)いな。なんかかわいい名前だから避けていたんだけど、これはズルいぞ。男が注文しにくいのに美味いっていうズルいやつだ」

「ズルくないですよ、注文すればいいじゃないですかっ」

「そんなこと言っても、なんとなく恥ずかしいだろ。だから、だいたい無難な名前のフレーバーにするけど、それはズルい、それはズルいぞっ」

「ズルいズルい言わないでくださいよ。そんなに気に入ったなら、今度は彰寛さんのぶんも一緒に注文してあげますから」

「本当に？」

「はいっ、任せてくださいっ」

「じゃあ、一生な」

「はい、一生……」

張り切って返事をしていたノリを続けて……言葉が止まる。

彰寛を見ると、彼はずらしたサングラスの上から、計画が上手くいったとほくそ笑む悪戯っ子のような目を覗かせていた。

「それなら俺は、無難な注文のときに活躍するとしよう」

差し出されていたナッツフレーバーのアイスを、ちょんっと唇の先につけられる。ひやりとした感触に唇をすぼめると、かすかな唇のあわいから忍びこんだフレーバーが味覚をくすぐった。

「こっちも美味いから、食べてみな。俺のイチオシ」

以前までの美優なら、慌てて遠慮していたことだろう。でも今は、よほどのことでなければ素直に行動できる。

唇でそぐように食むと、柔らかく溶けだしていた部分が口腔内に広がる。「ん～」っと唇を内側に噛みながら冷たさに耐え、笑顔で応えた。

「美味しいです。わたし、今度はこっちにする」

「だろ？」

……おそらく自分は、彰寛に甘えているのだと思う。

甘えても彼は許してくれる。それがわかってしまったから……。

毎晩愛情を注がれて、それが全身に沁みわたってしまっているのだ。理性さえ、本当に愛されている……と、思いかけている。

――ずっと、このままなら、どんなにいいか……。

ザラりとしたいやな感情が湧き上がり、足元に震えが走る。それを悟られないよう、美優は無理やりその場で軽く足踏みをした。

「こ、こんなに高さのある靴、ウェッジソールでも無理なんじゃないかって思ったんですけど、意外に歩きやすいですね」

「似合っている。美優の綺麗な脚が、より綺麗に見えるよ」

美優を褒めることは忘れず、彰寛は自分のアイスを食べ進める。美優が持っているほうを指差し「溶けるぞ」と笑った。

「手に垂れたらベタベタになっちゃいますね」

「俺が舐めてやるから心配するな」

「アイスですか？」

「美優の手」

「そういうことばっかり言うっ」

二人で笑いながらアイスを舐める。笑ったことと口を動かしていることで、先程感じた、心の内側をヤスリで擦られたような不快感は薄らいでいった。

彰寛に甘えているせいで、ずいぶんと気持ちまで甘くなっている。ずっとこのままでいたいと願ってしまうのは、姉の存在を殺すことだとわかっているのに……。

目の前の通路を、小さな女の子二人が笑いながら走っていく。幼稚園と小学校低学年くらいの雰囲気だが、姉妹だろうか。同じデザインのワンピースを着ている。

姉とおぼしき女の子が妹の身体に両腕を回し、走るのを止めた。

「あんまり走っちゃだめだよ。ころんだら大変でしょ」

「あっちいこー」

「いま、ママがくるから、ちょっとまって」

「はしるー」

「だぁめぇ」

きゃっきゃ、きゃっきゃ、とジャレる姉妹。そのかわいらしさに、美優はつい頬がゆるんでにやにやしてしまう。

仲のよい姉妹の姿を見ていると自分が小さなころを思いだす。いつも美優と手を繋いでくれた姉。迷子にならないように、ああしていつも美優に構ってくれた。

「あっ、あいすー」

妹がこちらを指さす。姉も「ほんとだー」とかわいい声を出した。自分が幼いころを思いだしたせいで微笑ましくなってしまい、美優は思わず手を振りかけた。

「ほら、駄目でしょう、ジロジロ見ちゃ迷惑だからね、早く行こうね」

そこに急いで駆け寄ってきたのは、母親らしき女性だ。姉妹の視界からこちら側をかくすかのように立ちふさがり、腕に庇う。

「ママぁ、あいすー」

「アイス、いいなぁ」

「アイス？　はいはい、わかったわかった」

とにかく姉妹を早くこの場から離したいようだ。母親はアイスの要求を簡単に呑む。こちらを見ようとはしない。存在は知っていても見られないのだろう。

そのまま立ち去っていく姉妹と母親を、美優は姿が見えなくなるまで見送った。

「子どもの目はそらせなかったな」

ベンチの背もたれに寄りかかり、顎を上げてずれたサングラスをくいっと直した彰寛は、のほほんと口にする。お気軽な様子に、美優は苦笑いをした。

「彰寛さんって、意外に悪知恵が働きますよね」

「そうか？」

「変装するっていったって、どうしてこんな派手な格好にするんだろう、いつもとまったく違う感じにするってことなのかな、って思いましたけど。……確かに、怖い雰囲気の男性と派手目の女性が並んで歩いていたら、目を合わせちゃいけないって本能的に思います」

「ヤクザと情婦みたいだろう？」

「情っ……、は、はいっ、そうですねっ……」

生々しい単語に少々ひるむが、美優はアイスを舐めてごまかす。

実際、この変装作戦は目に見えて上手くいっている。なんといっても、今の母親のようにジロジロ見られることがない。

百貨店を出てから今まで、映画館に行ったり、珍しくファーストフード店でハンバーガーを食べたり、ショッピングセンターを歩いたり。

目立つ男女の組み合わせなのに、あまり視線を感じない。見られてはいるようだが、視線が合いそうになると顔をそむける人ばかりだ。

途中、買い物中らしきあかりを見かけて「マズイっ」と思ったものの、やはり他の人たちと同じようにチラッとこちらを見てすぐに顔をそらしてしまった。

あかりの目を騙すことまでできたのだ。効果絶大ではないか。

「変身した美優も見られるし、こういうのもいいな。来週もやるか？」

「確かに、ちょっと変わった彰寛さんが見られて楽しいですけど、頻繁にこんな格好していたら本物の人たちに目をつけられたりしませんか？　可能性としてはあり得る気がします。絡まれたりしたら大変ですよ。

ほどほどにしないと」

「それは困るな……。そんなことになったら知人に連絡して助けてもらうしかない」

「警察に知り合いがいたんですか？」

「いーや、マフィアの息子」

「じょっ、冗談も大概にしてくださいっ」

言うことが斜め上だ。呆れて眉を下げる美優を見て、彰寛は楽しそうに笑っている。ぷんっと怒ったふりをして見せてからアイスに戻った。

——楽しい……。

彰寛と並んで歩いて、アイスを食べて、笑い合って。

こんな日々が訪れるなんて、夢のよう。

ほんのりと幸せを噛みしめ、チラッと彰寛を見る。彼を見つめようとした視線は、不意に彼を通り越してその先へと進んだ。

（……え……？）

美優は我が目を疑う。

（まさか……）

目を思い切りこすって確認し直したい。しかしアイメイクバッチリの目を子どものようにこするわけにはいかない。

美優はじっと、それ、を凝視する。彰寛の向こうに見える路を、一人歩いてくる女性だ。

服の上からでもわかる、スラリとしたスタイルのよさ。ボディラインに沿ったカットソーと細身のパンツスタイルなのに、女性的な色気よりも知的な爽やかさを感じさせる。

洗練された目鼻立ちは美人の部類で、それも美優が大好きなタイプの美人だ。

……けれど今は、この美人が目の前を歩いていることに恐怖を覚えている。

(どうして……)

美優は目を見開き、言葉が出ない。

近づいてくるのは……。

――美咲だ……。

(姉さん……⁉)

間違いない。失踪しているはずの美咲だ。

彼女は二人を見つけたから近寄ってきたのではなく、ただ普通に歩いていてこの路を通ったという雰囲気で、表情や視線を見てもこちらに関心はない。

かかわってはいけないと感じて目をそらしているのではなく、初めから興味がないという様子だ。

興味はなくとも視界には入っていただろう。そのうえで彰寛と美優だと感じなかったのなら、この変装は本当に成功だったことになる。

気づいていないのなら、それに越したことはない。

問題は……。

美優は視界に入れながらも、彰寛を盗み見る。

もしも……、もしも彰寛が、前を通りすぎていく〝誰か〟を目に入れたら……。

視界に飛び込んできたその人に、〝なにか〟を感じてしまったら……。

（どうしよう……）

その瞬間、またもやヤスリで心を擦られる。

……どうしよう、とはなんだ。

彰寛が美咲を見た瞬間に彼女のことを思いだしても、それは仕方のないこと。それによって美優が本来の婚約者ではないと理解しても、……それは真実なのだから、どうにもできない……。

（わたし……）

心臓の音がとんでもなく大きい。

人の声も、木々のざわめきも、かすかな車の音も、なにも聞こえない。

どくん、どくん、自分の鼓動だけが、頭の中で響いて押し潰されてしまいそう。

（彰寛さんが、姉さんの失踪理由を知って傷つくのを恐れているわけじゃないんだ……）

鼓動がひとつ刻まれるたび、美咲が一歩近づいてくる。まるで世界の動きがスローモーションになってしまったかのようにコマ送りになって、脳にひびいた。

そのなかで美優は、認めたくなかった自分のズルさに気づく。

（彰寛さんが真実を知って、彼から離れなくてはならなくなることを……恐れているんだ……）

美咲が正面に差し掛かり、刹那、時間が止まる。


――彰寛？


美咲が呼びかける。

幻聴だとわかっているのに、頭から冷水を浴びせかけられた感覚に襲われた。

……しかし、なんの変化もなく美咲が通りすぎていき……。

……呪縛は解けた。

「美優、溶けてる」

「え？　……あ」

彰寛が指差す先を見ると、美優のアイスがコーンからこぼれ落ちそうになっている。慌てて舐めあげながら、視線だけを動かして美咲を追った。

心臓がまだバクバクしていて、アイスの冷たさに神経がいかない。

彼女に彰寛の声が聞こえたかはわからないが、振り向く気配はない。もし美優が一人でいたのなら捕まえて話を聞くこともできるが、今の状態では無理だ。

ただ、美咲は失踪前と変わらない様子で無事なうえ、ここを歩いていたということは、そんな遠くへ行っていたというわけではないとわかった。

そして……自分のズルい本心にも……気づいてしまった。

「ああ、いい気分だ。何回でも言うけど、美優とこうしてだらだら歩き回れるのはいいな」

「そうですか？」

「変装なしでウロウロしたいのが本音だけど」

コーンの残りを口に入れ、彰寛は咀嚼をすることで言葉を終わらせる。余韻を残せば美優に駄目だしされるのがわかっているからだろう。

美優はアイスで程よいやわらかさになったワッフルコーンを食べながら視線を宙に飛ばし、ところどころ白い雲が薄いグラデーションを作っている青空を視界に入れる。木漏れ日がキラキラと揺れた。

「……天気もいいし……、彰寛さんとこうしてゆっくりデートができる……。いい日ですね」

呟くような声ではあったが、美優が同調してくれたのが彰寛は嬉しかったのだろう。彼女の肩を抱き寄せ、自分に寄り添わせる。

彰寛の腕、力強さ、彼の存在を感じて心は温かくなるのに……。

なぜだかせり上がってくるいやな予感が、美優に寒気をもたらしていた。


美咲を見かけたことを両親に話したほうがいいだろうか。

この一ヶ月というもの、両親から美咲に関しての話題を出されたことはなかった。

ただ、美咲からは落ち着いたら連絡をすると一度だけ電話があったらしく、それを信じてこちらからうるさく接触しないようにしていると聞いた。

落ち着いたら、というのは、恋人との生活が落ち着いたら、という意味なのだろうが、どこに生活の場を置いているのかなど両親は知っているのだろうか。

「どうした、元気がないな」

彰寛に声をかけられ、美優は瞳を先に上げてから顔ごと彼に向ける。ベッドの中で裸の身体を抱き寄せられていた。

快感をもらったあとの余韻に浸る大好きな時間。いつもならうっとりとこの腕に抱かれて、それを満喫しているのに。

「そんなふうに見えました？」

「いつもはもっとにんまりして蕩けそうな顔をしているのに、なんだか考えこんでいる顔だった」

「にんまりって……」

いかにも「満足です」と言わんばかりにホクホクした自分が思い浮かぶ。気持ちよくしてもらったあとはいつもご機嫌だと言われているようで、少し恥ずかしい。

「今日はたくさん歩き回ったし、疲れたか？」

「楽しかったから疲れなんて感じていませんよ。でも、慣れない七センチのソールはちょっと疲れたかも。

それで歩きまわれたのは自分でもびっくりでしたけど」

「でも似合ってたぞ。よし、そんな頑張った美優には、いいものを見せてやろう」

ベッドサイドテーブルに手を伸ばした彰寛は、そこに置いていた自分のスマホを取る。数回タップして美優に見せてくれた。

そこに映し出されているのは三匹の子猫だった。真っ白と真っ黒、白と黒のツートンという三匹が寄り添って眠っている。

「かわいい」

「だろう？　友だちのところで生まれたんだ、かわいいだろう。美優はこういうの好きだよな」

「彰寛さんもかわいいって思います？」

「もちろん。かわいいものは好きだし」

そう言ってから彰寛は美優の頭を引き寄せ、ひたいにキスをする。

「かわいいもののなかでも、美優は一番好きだ」

パチンとウインクをして、スマホをテーブルに戻す。彼の言葉に照れつつも胸の奥で渦巻いたのは、……かすかな、デジャヴ……。

なんだろう……。以前にも、こんな雰囲気を経験したことがなかったか……。

小さな疑問が駆け巡るものの、抱き寄せる腕や彼の体温が気持ちよい。頭を撫でてくれる優しい微笑みを眺めているうちに、美優は、うとうと……っと……。

眠りに引きこまれていった……。

――ふと……目が覚めたとき……。

眠りに誘ってくれた心地よい腕がなくなっていることに気づく。

「……彰寛さん……？」

小声で呼びかけるが返事はない。姿自体が室内に見えなかった。

喉が渇いてキッチンにでも行ったのかもしれない。

そう考えると美優までかすかな喉の渇きを覚える。ベッドを抜け出し、着てもすぐに脱がされてしまうパジャマの上衣を羽織(はお)った。

半開きになっている寝室のドアを開けようとしたとき、……かすかな話声が耳に入ったのである。

「まったく。……あんな所に現れるとは思わなかった。美優も驚いただろうな。……ん？　ああ、変装もバッチリだっただろう？」

美優はそこで足を止める。聞こえてきたのは彰寛の声だ。

半開きになった隙間からそっと覗きこむと、薄暗いリビングのソファに彰寛のうしろ姿がみえる。彼はスマホで話をしているようだった。

「心配で見に来ていた？　どこまで信用されていないんだ、俺は」

不満げなセリフでも、彼は楽しそうにアハハと笑う。声が抑え気味になっているのは、一応寝室で寝ているはずの美優に気を遣っているのだろう。

「美優を泣かせたら怒るだろう？　怒るどころか三時間くらい正座で説教されそうだからな。そんなことにならないように気をつけているよ」

美優はそっと後退し、ベッドのそばまで戻る。パジャマの上衣を脱いで落ちていた場所に戻し、こそっとベッドにもぐった。

先程までとは逆を向き、上掛けを肩まで引き上げて身を縮める。心臓が大きく脈打っていた。

（あれは……誰？）

彰寛は誰と話していたのだろう。なんとなく予想がつく。

予想がつくから、戸惑っているのだ……。

変装の話をしているところから、彼はデートで歩きまわっていたときのことを話している。しかし「あんな所に現れるとは思わなかった」と言ったうえで美優が驚いただろうと予想しているので、彰寛と美優、二人にとっての知り合い、ということになる。

美優を泣かせたら彰寛を怒る人物。さらに二人のデートが心配で見にきてしまう人物。

……そんなの、一人しか思い当たらない。

（……姉さん？）

デート中に見かけた二人の知り合いは……美咲だけだ。

（どうして彰寛さんが姉さんと話しているの……）

美咲が前を通りすぎたとき、彼女はこちらに無関心だったし彰寛の表情も変わらなかった。ただ美優だけが困惑していただけだ。

美咲は彰寛と美優がデートに出かけることを知っていて、様子を見るために現れた。

場所や時間を教えたのは、彰寛だろう。

両腕を抱きグッと握る。縮めた身体が、緊張でそのまま固まってしまいそう。

——彰寛は、美咲を思いだしている。

それも、連絡まで取りあっているのだ。

彰寛の記憶障害は治っているということだろうか。

いつから美咲を思いだしていたのだろう……。

不安なら彰寛に聞いてみたらいい。

けれど、いつもと変わらない様子で接してくる彼を見ていたら、美咲のことを思いだしているのかと聞くことはできなかった。

できなかったのは、怖かったからだ。

もしも、美咲を思いだしたかと聞いて「思いだした」と答えられてしまったら……。

……この生活は、終わってしまう……。

朝から心がモヤモヤしていた週明け。お昼休みの社食であかりと二人で昼食をとっていたとき、母から電話があった。

「え……？」

母のひと言で、美優の顔色が変わる。大切な用件だと察しをつけてくれたあかりが「先に出てるね」と気を利かせてくれた。

食事が終わったばかりなのに、ゆっくりお茶を飲む時間を奪ってしまって申し訳ない。けれど、表情を変えずにはいられなかったのだ。

――美咲が、戻ってくるという連絡が入ったらしい。

『土曜日の夜に電話がきたの。すぐに美優に知らせようと思ったんだけど、彰寛さんが一緒だろうから電話できなくて』

土曜日といえば、二人で変装デートをした日だ。

美咲はその日の夜に両親に連絡を入れ、……夜中、彰寛と話をしていたということになる。

「戻ってくるって……二人で？　相手の人も一緒？」

『それがね、一人なんですって。お相手の人は？　って聞いても答えないし。……別れたのかしらね』

「別れた……？」

『一ヶ月間、ずっと一緒にいて、この人とはやっていけないなって感じたのかもしれない。ただおつきあいしているだけじゃわからないことってたくさんあるから。なんにしろ、先走って籍を入れるとか子どもができたとか、そんなことの前にわかってよかったんじゃないかな』

美優は言葉が出ない。急な婚約話に反発して失踪までするというのは、かなりの覚悟がいるのではないかと感じる。あの姉がそこまでしたのに。

なのに……、一ヶ月程度で別れて簡単に戻ってきてしまうなんて。あまりにも行き当たりばったりで、姉らしくない気がする。

『明日、家のほうにこられる？　美咲も戻るし、これからのこともいろいろと話したいし』

心臓が大きく脈打った。

これからのこと……。

これからのこととは、なんだ。美咲はまた父の秘書に戻って元通りになるのだろう。だとしたら、彰寛の仮婚約者として収まっている美優の〝これから〟に関してではないか。

「……わかった……。明日、仕事が終わったら、そっちに帰るから」

『待ってるね。あっ、それと、美咲ね、とっても美優に会いたがっていたから』

通話を終えるとともに胸が痛んだ。

大好きな姉が自分に会いたがってくれているというのはとても嬉しいことなのに、胸に渦巻く、このドロドロとしたものはなんだろう。

泣いてしまいそうなくらい、息苦しい。

美咲が恋人と別れて戻ってきたのなら、すべて終わりではないか。

いつからなのかはわからないが、彰寛は美咲を思いだしている。きっと、美優のことを想ってまだ忘れているふりをしてくれているのだ。

美咲は恋人と別れたから彰寛に連絡をとったのだろうか。それとも、思いだした彰寛が自分の勘違いを相談しようと美咲に連絡を入れたのだろうか。

どちらにしろ、明日話し合われる〝これからのこと〟は、本来の婚約者同士である彰寛と美咲について、そして、記憶障害ゆえに勘違いされてしまっていた美優への、役目終了の件ではないか。

「ズルい……」

――――彰寛をよろしくね。

かつて美咲が美優に託したメッセージを思いだしながら、美優は苦々しく呟く。

「ズルいよ……姉さん……」

姉は知らないだろう。

この一ヶ月間で美優がどれだけ彰寛を好きになってしまっているか。高嶺の花から、離れられなくなってしまっていることを。

「今さら……戻ってくるなんて……」

スマホをテーブルに置き、両手で頭を抱える。指が髪の毛のあいだに挿しこまれると、そのまま掻き混ぜて掻きむしってしまいたい激しい衝動に駆られた。

指先に力を入れてそれに耐えるが、いつになく激しく苛立っている自分を感じる。

腹の底から湧き上がりかかるいやなものを抑えようと、美優はトレイを持って立ち上がり、カウンターに戻して早々に社食を出た。

まだお昼休みは三十分も残っている状態だが、オフィスに戻って仕事をしよう。意識してなにかに集中していないと、おかしなことばかりを考えていやな感情が大きく育ってしまいそうなのだ。

速足でオフィスへ戻る。ほとんどの社員がお昼休みに出ていて閑散としているオフィス内の一角に、異様な空気が漂っていた。

課長のデスクの前に数人の人間が集まっている。それもメンバーが異様だ。

課長に部長、そして喜代香。遠巻きにして萌果がその様子を窺っている。遠巻きといっても、話が聞きたいらしくかなり近寄っている印象だ。

近寄らなくとも、この閑散としたオフィスで普通に話しているのだから、自席にいても十分に聞こえるのではないか。

その証拠に、先にオフィスに戻っていたあかりは自席に座って視線を向けていた。

「あっ、谷瀬君、いいところに戻ってきてくれた」

課長が美優に気づき手招きをする。どう考えてもなにかがあった雰囲気だ。書類に問題があったのだろうか。それともクレームか。

どちらにしろ、部長や喜代香までがそろっているのならただ事ではない。なんといっても喜代香は彰寛の代理でここにいる可能性がある。

「なにかありましたか?」

速足で近づいていこうとする途中で、萌果がしゃしゃり出てくる。当然たどり着く前に美優の足は止められてしまった。

「大変ですよ、先輩。瑕疵(かし)です。貨物に傷モノが混じっていたんですよ」

「え……?」

「それも、朝陽グローバルからの委託案件の貨物ですよ。やっぱりです。絶対こういうトラブルが起こると思ったんです。それも、信用状取り引きの案件ですよ」

「信用状の……?」

美優が顔を上げると、課長がハラハラした顔でうなずいている。喜代香がじっと美優を見ているなか、「それでだね」と部長が口火を切るが、そこになぜか萌果が割って入った。

「こんなことされて、代金回収ができないじゃないですか。だから早くに切ったほうがいいって話していたのに。美優先輩、ちゃんと課長なり部長なりに言ってくれたんですか? ライバル会社からこんなに仕事が回ってくるのは、どう考えたっておかしいんですよ」

上司のほうをチラチラと見ながらトーンを上げる。これは、問題を早めに上司へ進言しなかったと美優を責めているのだ。

「代金回収が無理なわけじゃないし、輸出が成立しないわけでもない。補償状を作成すれば……」

告げ口には取り合わず、肝心な部分を考える。しかしまたそこに萌果の横やりが入った。

「どうしてライバル会社のためにうちの会社が責任を負わなくちゃならないんですか。こんな案件、突っ返してやればいいんですよ。……あっ、……そうかぁ……、できませんよねぇ」

急に萌果の口調がねっとりとしたものに変わる。彼女は腕を組んで美優を見据えた。

「美優先輩、朝陽グローバルの社長の娘さんなんですってね」

眉がわずかに動くが、美優は動揺を表に出さぬよう周囲に視線を流す。

「これだもん。朝陽グローバルを庇うわけですよねぇ。そっかぁ、美優先輩が入社したときから、乗っ取りは始まっていたってわけですね」

萌果はチラチラっと喜代香を見ている。まるで、話の中心に立った自分の勇姿を姉が見てくれているか確認しているかのよう。

美優が朝陽グローバルの関係者であることを知っているのは、ここでは部長とあかりのみ。

オフィスに少し残った社員はいても、電話中であったりこちらの会話は聞こえていなかったりで特に反応した者はいない。

課長が少々驚いた顔をしたのはわかるが、喜代香は一切動じていない。

もしや、喜代香が美優の身元を知り、それを萌果に言ったのでは……。

「美優先輩、スパイじゃないですか。いつまで黙っていられると思っていたんですか？」

「いい加減にしなよ」

感情が昂ぶった萌果の言葉を止めたのは、――あかりだった。

彼女はデスクから動かないまま、厳しい声を出す。

「今、そんな話をしている場合じゃないだろう？　空気読みなよ。優先してなにをすべきか、それもわかんないのかい？」

間違いではないし、いつもの萌果ならあかりの雰囲気を怖がってオドオドと身を引くところだ。

しかしなぜか今日は強気だった。姉をチラリと見てから、相変わらず高いところからものを言う。

「あかりさんって、いつも美優先輩を庇いますよね。同級生でしたっけ。あー、そうかぁ、あかりさんは、美優先輩が朝陽グローバルのお嬢様だから庇うんだぁ。なぁんだぁー、あかりさんもスパイの片棒担いでるってわけですね」

萌果の口調は楽しげで、次から次へと自分勝手な憶測が飛び出してくる。――まるで、誰かに聞かせようとしているかのように。

しかし困ったことに、あかりは美優ほど我慢強くはないし、理不尽に対する耐性はない。険しい顔で立ち上がったので、美優はこれはマズイと口を開きかける。

そのとき……。

「いい加減にしなさい、萌果。見苦しい」

厳しいひとことが、飛んだのである。

美優も驚いたが、もっと驚いたのは萌果だろう。大きな目をさらに大きく丸くしている。

そのひと言を発したのが、喜代香だったのだ。

「さっきから聞いていれば、この件になんのプラスにもならないことをごちゃごちゃと」

眉を寄せた怒りの表情。……この表情には見覚えがある。以前、美優が彰寛と一緒に出社したことに対して、詰め寄って説明を求めたときの顔だ。

「でも……お姉ちゃん、この人は……」

「お黙りなさい！　ここでどうでもいい話を持ち出して対応を遅らせようとするのは、副社長の邪魔をしているも同然です！　これは副社長の大切な取引案件よ。あなたはそれを邪魔している。わかる？　それにここは会社です、気を引き締めなさい！」

喜代香に叱責されて、萌果はピンっと背筋を伸ばす。社内で「お姉ちゃん」呼びしたことや、このトラブルとは関係のないことを口にして喜代香の怒りを買ったようだ。

この姉妹のあいだには、完璧な上下関係があるように思える。

とてもではないが、朝陽グローバルの委託案件が増えていることや美優の身元など、喜代香が社内で知ったことを気安く萌果に話しているとは思えない雰囲気だ。

厳しい目をしていた喜代香が、美優を見る。

「M／R(メイツ・レシート)には、リマークが付いてしまいました。今、副社長が朝陽グローバル側の担当者と話し合っています。おそらくL／I(補償状)を提出することになると考えられます。お願いできますか？　副社長の、大切な取引なんです」

喜代香の目は厳しいというよりは真剣だ。この仕事を、自分のボスの仕事を、全力で支えようとしているのが伝わってくる。

美優はそこに、美咲の影が重なったのを感じる。

美咲も仕事に対して真面目な人だった。社長秘書として全力で父を支え、会社の未来のためにベストを尽くす人だった。

才色兼備。まさしくその言葉が似合う人。

姉を尊敬し、彼女に追いつきたいと思ってもできなくて……。

「もちろんです。どんな取引であろうと、おろそかにはできません」

喜代香の目がわずかになごむ。そばにいた部長と課長も深くうなずいた。

「では、私は副社長にデータを送ってきますので」

「頼むよ」

部長の言葉に会釈をして、喜代香は美優に歩み寄る。細く柔らかい両手の指が美優の手を包んだ。

「よろしくお願いします」

「は、はい」

「――以前は……ごめんなさい。私、あなたが副社長の仕事の邪魔をしているのだとばかり思っていて、やめさせなくてはって、そればかりを考えていた。……でも、そういうことではなかったんですね。本当にごめんなさい」

「い……いいえ、とんでもないです。そう見えても仕方がなかったのかもしれませんし」

驚くが、意外とは思えなかった。仕事に対する彼女の真摯さを間近で見たせいで、喜代香の本当の人柄がわかったような気がしたからだ。

彼女は仕事に真面目で、秘書としてボスに忠実だ。忠実すぎるゆえに、ボスの仕事に支障をきたす恐れのあるものに対して厳しい。

厳しすぎる目で、常にボスの周囲を牽制している。

美優にきつかったのは、美優が彰寛の仕事の妨げになると感じていたからこそなのだ。

思えば、一緒に出勤してきたことを喜代香に問い詰められたとき、そのことを知った彰寛は笑ったままだった。

おそらく彼は、仕事一途な彼女の性格を知ったうえで、相変わらずだなと感じたにとどまっていたのだろう。

喜代香に対する見方がだいぶ変わった。優秀な人が彰寛のそばで力になってくれるのは、とても心強いことだ。

気持ちが晴れやかになる美優に反して、真っ青になって下を向き、固まっているのは萌果だ。叩けば砂のように崩れてしまいそうな妹の前を通りすぎ、喜代香はひとことだけ告げていく。

「私の電話に聞き耳をたてているみたいだけど、確認もなく勝手な解釈で口を開くものじゃないでしょう。以後改めなさい」

この時点で、萌果の心が羞恥で崩れてしまったのを美優は感じた。

萌果も……美優と同じなのだ……。

優秀な姉を持ち、その姉に憧れて育ち……。

姉には敵(かな)わないことがコンプレックスになっているのだと自覚しつつも、表には出さぬよう、姉を慕う自分でい続けた。

ただ、違うのは、美優は美咲に憧れながらも、自分は自分にしかなれないと自身の個性を大切にした。

萌果は喜代香に憧れるあまり、必要以上に彼女の内部に近づき、考えかたも同じになろうとした。〝姉と同じであること〟を、優先してしまった。

盗み聞きしたのか、なにかメモなどを盗み見たのかは知らないが、勝手に朝陽グローバルが邪魔なライバル会社だと誤認し、美優を副社長につきまとう迷惑な女だと信じた。

そして、美優の身元についても……。

この場でそれらを得意げに語ったのは、姉がそう考えているのだと信じて疑わなかったからだ。姉が鬱陶しがっている美優をこの場でやり込めれば、姉は喜んでくれる。

……自分を、認めてくれる。

萌果は、そう思ったのだろう。

(この子は……わたしだ……)

もしも、美咲に憧れる気持ちを、姉のようになれば彰寛が好きになってくれるのかもしれないという方向に持っていってしまっていたら、美優も萌果のようになっていたかもしれない。

彰寛を高嶺の花と位置づけたからこそ、美優は自分でいられた。

「中谷さん」

美優が声をかけると、萌果の肩が大きく震える。あれだけのことを言ったのだ、どれだけ責められるか。いや、殴られるかもしれないと思っているのではないか。

「L／I作成の準備をするから、ついでに教えてあげる」

「えっ……」

眉を八の字にした萌果が顔を上げる。美優の声がいつもと変わらない〝優しいけど頼りない先輩〟のままだったからだ。

「こういうトラブルはめったにあることじゃない。あったらいけないんだけどね。でも、発生してしまったときが体験するチャンスだから。教えてあげるから、いつくるかわからない〝次〟のために、覚えよう」

「……でも……、あたし……、いいんですか……」

萌果の声は、喜代香に叱責されたときと同じくらいオドオドしている。

「中谷さんの教育係はわたしだから。ちゃんと正確な仕事を教えなくちゃならない。正確な仕事ができるようになってください。そのためには、しつこいくらいの確認が必要。決して憶測で進めてはいけない。まぁ、確認作業っていうのは地味といえば地味だから、退屈かもしれないけど。〝地味女〟って言われるくらい徹すれば、正確な仕事になるかな」

「えっ……あ、あれ？」

にわかに萌果が慌てだす。美優を「地味女」と揶揄していた覚えがあるだけに、それを知られているのかと焦ったのだろう。

美優はクスリと笑い、上司二人に会釈をしてから自席へ向かう。戸惑う萌果を手招きし、パソコンの資料を起ち上げた。

「今回はL／Iを作成、船会社に提出して、リマークを削除してもらうのが目的。ただ、この品を輸出することによってトラブルが発生した場合、一切の責任を負うことが条件。補償状は運がよければメリットはあるけれど、運が悪ければデメリットはどこまでも大きくなる。副社長が話し合いでどういった結果を出すかはわからないけれど、先にL／Iの準備は……」

説明の途中で萌果を見ると、彼女は緊張した面持ちで隣に立ち、両手でスマホを持っている。

「……なにしてるの？」

「あ……いえ、あの、……メモ帳……持ってないから、ボ、ボイスメモ……。っていっても動画ですけど。み、美優先輩、いつもメモを取れとか言うじゃないですかっ。……だから、とろうかなって……。あとで、まとめようかなって……」

素直なようで、ときどき口調が勝気な彼女に戻る。本人もおとなしく従っていいのかどうか迷っている雰囲気だ。

あれだけ美優を煽って悪者に仕立て上げたのだ。恨みに思われていないと感じても、気まずくて接しづらいのだろう。

メモ帳を探すより先にスマホを出してしまうとは。しかし記録しておこうと考えてくれるのは嬉しい。こんなことは、彼女の教育係になって初めてだ。

少しはやる気を出してくれたのだと思えば、今回の騒動も無駄じゃない。

「動画かぁ。じゃあ、ちょっと気取って説明しようかな」

「あとでまとめるだけですから、そのままでいいですよ。変なこと考えるんですねっ。……あの、……できれば、優しく……お願いします」

つっけんどんな物言いのあと、少し考えて恐縮する。

おかしいやら嬉しいやら。すると、うしろからあかりの顔がのぞいた。

「よし、頑張る二人にジュースでも差し入れするから。待ってて」

「ほんと？　ありがとう、あかりちゃん」

あかりは萌果の肩をポンッと叩き、ニヤリと意地悪な笑顔を見せる。

「ババア、っていわれないように、エナジードリンクでも差し入れるね」

「ひぇっ⁉」

萌果は再び青くなる。驚きは美優のときより大きいようだ。同じく虚勢を張って、ババア呼ばわりしていたのを知られているのかと悟ったのだろう。

「ほら、説明続けるよ。いい？」

「はっ、はいっ！」

あかりに煽られ、美優に詰められ、萌果は大わらわだ。

今までのことがあるぶん、いきなり態度は改められないだろうが、それでも聞く姿勢は今までで一番真剣で、美優は嬉しくなった。

――その後、お昼から戻った萌果の同期女子が、いつもとは打って変わって真剣に美優の話を聞きながら仕事をする萌果を見て「どうしよう……嵐……くる」と呟いていたとか……、いないとか……。

仕事上のトラブルのおかげ……というのもあまりよくないが、しかしそのおかげで喜代香の本質も萌果がかかえているものも理解することができた。

その点はスッキリしたのだが、やはり、一番の心配事は心から消えない。

もちろん、美咲の件だ。

一人でマンションに帰り、リビングに入る。

彰寛は帰っていない。おそらく帰りは遅くなるだろう。終業時間にはまだ外出から戻っていなかったようだし、美優が託した補償状を持って今日中に船会社へ行くはずだ。

「ただいま……」

シンっとしたリビングで呟くと笑いが込み上げてくる。

この部屋で「ただいま」を言えるのは、本来自分ではなかったのに、平気で言ってしまえるのが滑稽に思えてならない。

記憶障害になった彰寛が、婚約者がいたという記憶と献身的に付き添う美優を見て、勘違いしただけだ。

美優にとっては、困りつつも嬉しい勘違いだった。

美咲を思いだしているのに、変わらず美優に優しくて、変わらず情熱的に美優を抱いたのは、彼の優しさなのだろう。

思いだしたからといっていきなり突き放したのでは美優がかわいそうだし、勘違いでずいぶんと美優を困らせただろうと思うからこそ、彰寛はそのままのふりを続けてくれたのだ。

彼は、美咲を好きだった自分を、思いだしている。

明日は、おそらく両親から婚約者問題の軌道修正を告げられる。

——本来の婚約者が戻ったのだから、美優の役目は終わり……。

「……そんなの……」

口から出かかった言葉を、美優は下唇を噛んで堪える。

これは我が儘だ。口にすれば心が負けて泣いてしまう。

美咲が恋人と別れて戻ってくるなら、もうなんの問題もない。美優がとるべき行動は、彰寛が本当に幸せになれる方法を選ぶことではないか。

「彰寛さんの、幸せ……」

ぼんやりと呟き、室内を見回す。

一ヶ月間、一緒に暮らした部屋。

あちこちに、残像のように彰寛の姿が見える。

笑う彰寛。微笑む彰寛。美優を求めてくれる彰寛。一緒に起きて、朝食を食べて、出社の用意をして……。一緒に帰ってくることもあれば、別々に帰ってくることもあった。

先に帰ってきて、彼を出迎えるときはいつもドキドキしたものだ。

――ただいま、美優。

その笑顔が素敵すぎて、本当に自分はこの場にいていいのだろうかと思ったくらい。

まるで、本物の婚約者同士のようだと……。

「本物の……」

……ツゥッ……と、温かいものが頬を伝う。

流れた涙を拭うこともなく、美優は室内で笑い合う彰寛ともう一人に想いを馳せる。もう一人は自分であるべきなのに、自分の姿を置くことができない。

「本物の婚約者に……」

――なりたかった……。

最後のひと言を、やはり美優は言葉にできない。してはいけないと、姉に従順な自分が止めるからだ。

ただ心で呟いて、これ以上泣かないように自分を律する。

元通り美咲との話が進めば、彰寛は幸せになれる。

好きな人が幸せになるのだ。

美優だって、幸せなはずだ……。

「……そんなのっ……！」

胸が痛い。苦しい。破裂してしまいそう――。

美優の心が悲鳴をあげかける。……そのとき、スマホの着信音が響いた。

『美優、今日はありがとう。お疲れさま』

彰寛だった。おだやかな甘い声は、美優の心の痛みをやわらげる。

『中谷君が褒めていたよ。仕事に真摯で素敵な方ですねって。美優が褒められているのに、俺のほうが嬉しかった』

照れくさそうな声を聞くと、胸がきゅんきゅんする。この人にこんなふうに言ってもらえるなんて、なんて幸せなんだろう。

『今日はもう少し遅くなる。明日は早朝からターミナルへ行くから、一緒に出社できそうにないんだ。すまない』

「いいえ、いいんです。……彰寛さん、わたし……」

幸せは、たくさんもらった……。

もう、充分……。

「谷瀬の家に、帰ります」

『え？』

「約一ヶ月間でしたが、とても楽しかった。ありがとうございます」

『なにを言っているんだ、美優。なにかの冗談……』

「いいえ、冗談ではなくて」

美優の声が深刻なままなので、彰寛も冗談ではないのだと悟ったのだろう。彼の声も同じようにトーンを落とした。

『帰ったら話そう。なにかあったのなら聞かせてくれれば……』

「彰寛さんは、姉のことを思いだしていますよね」

まだ途中だった彰寛の言葉が止まる。美優はそのまま言葉を紡いだ。

「変装してデートした日、姉が現れたのも気づいていたでしょう？　夜中に、わたしが眠っている隙をみて姉と電話で話をしていましたよね」

『電話……？　美優、起きていたのか？』

彰寛は一瞬不可解そうにしたが、すぐに会話を聞かれていたことを気にしだした。

『最初から聞いていたのか？』

「途中を少し……。彰寛さんが、本当はもう姉を思いだしているんだってわかって、すぐにベッドへ引き返しました」

『あの電話は……』

「だから、わたしはもうここにはいられない。いちゃいけないんです。わたしは……、わたしは……彰寛さんの婚約者じゃない！」

またしても、美優は彰寛の言葉をさえぎる。

怖いのだ。そのまま喋らせておいて、彰寛がいつ美優に対して終わりの言葉を言うかと思うと。

すべて思いだしたから、軌道を元に戻そう。勘違いしていて、すまなかった……と。

彼に告げられて苦しくなるくらいなら……。

勘違いから始まったこの嘘の関係の幕引きは、自分でしたい——。

「あす、家族で話し合いがあります。……姉も戻ってくるし。そうしたら、すべてが元通りになります」

『元通り……？』

「本来の婚約者は姉だし、彰寛さんにとっても、そのほうが……」

『美優は、それでいいのか？』

今度は美優が言葉を止める番だった。

イエスと返事をしてあげればいいのに、言葉が詰まって出てこない。

そんな美優を、彰寛の切なげな声が責めたてる。

『俺は……美優に、愛されている自信をつけさせてやれなかったのか？』

——心が、壊れそうだ。

「それは、姉を忘れていた彰寛さんが言ったセリフです」

彰寛が愛してくれている。それは、認めざるを得ないほど肌から美優に沁みこんできていた。

愛されているんだと……美優だって……思いたかった……。

「……彰寛さんが……本来好きだったのは、……わたしじゃない。記憶が抜けていたせいでしてしまった勘違いでも、……婚約者になれて、嬉しかった……。ありがとうございます……」

黙ってしまった彰寛との通話を一方的に終えて、美優はマンションを出た。

第五章　真実の婚約者

谷瀬家へ戻った美優は、出たときのままになっている自分の部屋で眠った。

『ちょっと早いけど、戻ってきちゃった』

泣き顔で笑う美優に、両親はなにも聞かなかった。

久しぶりに母の作った夕飯を食べ、何気ない話をして……。お風呂上りには、母がお手製のアイスミルクティーを作ってくれた。

母のミルクティーは美咲と同じ味がする。ということは、彰寛が作ってくれるものと同じ味。……のはずなのに……。

なぜか、違う気がする。

彰寛が作ってくれた味のほうが美味しかった。そんなことを思ってしまった。

家に戻ってからの数時間は、一ヶ月前なら美優の日常だった。それなのに、いつもと違う時間をすごした気になってしまう。

それを思い起こしながら一人で入るベッドはどこか違和感がある。いつもと違うと、身体が拒否反応を起こしているよう。

彰寛とすごす生活、彼のぬくもりに包まれて眠るベッドが身体に沁みついていて切ない。

美優から終わりを告げたのだから、これで彰寛も気を遣う必要はなくなったはずだ。

彰寛と美咲が結ばれるのが本来の形なのだから。

(これでいいんだ)

自分自身に言い聞かせ、美優は頭から蒲団をかぶる。

よけいなことを考えたくなくて早く寝ようとするのに、なかなか眠りに入ることはできなかった。


「お昼だよ、美優」

声をかけられ、ハッとする。今日は朝からこればかりだ。

顔を向けると、あかりが美優のデスクに後ろ手をついて視線を向けている。笑顔だが、わずかに気遣う様子が感じられた。

「もうそんな時間だったんだ？　気がつかなかった」

「集中してた？」

「うん……、かな……」

歯切れが悪い。集中していたというよりときどき考えこんでしまう自分がいて、ハッと気を取り直しては仕事に戻る。それを数回繰り返していた。

仕事に遅れが出ていないのが幸いである。

「今日はさ、先週改装オープンしたパスタの店に行こうよ。美優も好きでしょう？　メニューもいろいろ増えたらしいよ」

「行きたいけど、改装したばかりだし、お昼は混んでるんじゃ……」

「抜かりはないね。予約してあるから」

片手を軽く顔の横で振り、あかりは自慢げだ。その仕草がなんとなくおかしくて、美優はクスリと笑ってしまった。

「美優が朝から深刻な顔してるからさ、美味しいパスタで午後から仕事が手につかないくらいお腹いっぱいにしてやろー、とか思って、朝から予約してたんだっ。行くでしょ？」

身体をかたむけて美優の顔を覗きこむ。相変わらずの気の利かせかたがカッコよくて、泣きたいくらい申し訳なくもあった。

「じゃあ、せっかくだし、ご一緒しようかな。実はあまり食欲がないんだ。残しても怒らないでね」

「食欲ないって？　朝から？　じゃあ、今これなら食べられそう、ってものはある？」

「……アイス。……ナッツフレーバーの」

「ナッツ？　珍しいね」

「うん……なんとなく……」

先日のデートを思いだしてしまった。近くに同じ店はないので食べるとしても違う店のものになるだろうが、彰寛に食べさせてもらったものより美味しいものはないだろう。

「よしよし、それなら私がアイスを奢ってあげよう」

「いいの？　でも、パスタは？」

「食べるに決まってるでしょ。アイスを食べてからパスタ」

「無理だよっ」

「お黙りっ。アイスで胃を喜ばせてからメインにいくのっ。そうすれば食べられるっ。ほら、行くよ。用意して用意」

「もーっ、あかりちゃんは。たまに強引なんだからっ」

笑っていいやら怒っていいやら。美優は立ち上がりながら軽くデスクを整理する。

「美優にはね、ちょっと強引にいかなきゃ駄目なんだよ」

手を止めて顔を向けると、あかりがメガネのフレームを親指と人差し指で挟んでクイクイッと動かし自慢げな顔をする。

「強引に詰めてこられたら、フラフラ～ってなっちゃうでしょう？　だから、ヘタレな男は美優とはつきあえないなぁ」

「……あかりちゃんが男だったらよかったね」

「おっ、問題発言だな。でも、私もたまにそう思うからいいや。美優はかわいいから、パスタもアイスも奢っちゃうぞ」

美優の頭をポンポンと叩き、あかりは凛々しく綺麗な笑顔を作る。わが友ながら見惚れそうな秀麗さだが、ここでぼんやり見惚れていたら早く行くよと急かされるのがわかっているので、美優は急いでお昼に出るための準備をした。

(わかった……)

そんななかで、ひとつ気づく。

美優があかりを大好きな理由だ。

強引だけど嫌みがなくて、美優をグイグイ引っ張っていってくれる。察しがよくて、いつも美優の変化に気づき、ときに助けてくれる。

頭が切れる知的なメガネ美人。失礼ながら、男だったらよかったのに、などと思ってしまうことがあるくらいの頼もしい友人。

彼女は、美咲や彰寛に似ている。

大好きな人たちに似ている要素を持った友人を、嫌いなはずがない。美優はバッグを手に取ると素早くあかりの腕に両腕を回した。

「あかりちゃん大好き」

「おっ、奇遇だねぇ、私も美優が大好きだよ」

アハハと笑いあってそのままオフィスを出ると、「なんだ、あれ。オレもまざりてぇ」という同僚男子と「その言いかた、なんかキモイです」という萌果の声が聞こえてきた。

その日、会社で彰寛の姿を見ることはなかった。

昨夜言っていたとおり早朝からターミナルへ行っていたらしい。午前中、トラブルは解決したと部長が教えてくれた。

「谷瀬君もお疲れ様だったね。君は本当にいい判断をする」

直接は部下を褒めない部長が目の前でそう言ってくれたのも嬉しかったが、なにより、彰寛の役に立てたのだと思えたことが嬉しかった。

終業後は電車で帰路につく。

電車内のにおい、仕事で疲れた人たちの顔、駅の雑踏、耳につくアナウンス、谷瀬家までの道のり。一ヶ月前までは当然の日常で、特別なものなど感じなかったのに。

今日は、いつもと違う特別なことをしている気分になる。

この一ヶ月で彰寛との生活に慣れきってしまって、そっちが自分の日常として心と身体に沁みついてしまっているのだ。

彼と出社して、社内で見かけたらつい見惚れて、マンションには彼の香りと笑顔があって。

美優自身に、彰寛が沁みこんでしまっている。

谷瀬家の前で立ち止まり、門越しに家を見上げる。またここが、美優の家。帰るべき場所だ。大好きな両親と、そして、姉がいる。

美咲はすでに帰っているだろう。父が今朝、今日は美咲と一緒に早めに帰宅すると言っていた。

きっと美咲は失踪する前と同じ笑顔で美優を迎えるだろうし、久しぶりに姉が淹れたミルクティーが飲めるかもしれない。

――――美優、お願い聞いてくれてありがとう。

そう言って美優を抱きしめるだろう。美咲は失踪前に彰寛を頼むといった意味のメッセージを美優に送ってきている。

あれは、自分がいなくなっても彰寛が機嫌を損ねないよう、会社の合併計画に支障が出ないよう、彰寛を見ていてやってくれということだったに違いないのだ。

そのおかげで、美優がこんなにも彰寛という存在に染まりきってしまうとも思わずに……。

幼いころから美優を守ってくれた姉。いつも優しくて、大好きだった。だからこそ、姉の力になりたい、なにかあったときには助けてあげたい。そう思っていたのは嘘じゃない。

今回のことで、姉が好きな人と一緒にいられるなら、……彰寛を傷つけないためにも力になろう。

……そう思った。

けれど美咲は恋人と別れ、美優が知らないうちに彰寛と連絡を取りあい……帰ってきた。自分が収まるべきポジションを美優に守らせた状態で。

……ボコッ……と、沼地で大きな気泡が発生するように、いやな感情が湧き上がってくる。

(どうして……)

こんな感情はいやだ……。

こんな……誰かの存在を疎むような気持ちは持ちたくない……。

(どうしてわたしは……彰寛さんのそばにいられないの……)

それなのに、この夜と同じ色が美優の心を染めていく……。

「美優⁉」

家のドアが開閉する音と懐かしい声が、美優の意識を引き戻す。顔を上げると、玄関から続いているアプローチを走る音が響いている。

ゆるやかなカーブを描いたアプローチは、途中の植え込みをすぎるまで人の姿が見えない。そこから、美咲が走ってくるのが見えた。

美咲は急いで門を開け、美優を抱きしめる。

「美優っ……、久しぶり、元気だった?」

「姉さん……」

美咲は美優を抱きしめたまま、彼女の頭を撫でて頬擦りをする。肩に手を置き身体を離すと、嬉しそうに微笑む顔を少しゆがめた。

「美優……会いたかったぁ……」

わたしもだよ、と言ってあげれば姉は喜んでくれるだろう。いつもの美優なら、姉が知っている美優なら、そう言うのが当然だ。

それなのに……口から言葉が出てこない。

「なんだろう……、なんだか、一ヶ月ほど会っていないだけなのに、ずいぶん美優が大人っぽく見えちゃう」

「そんなことは……」

「本当よ。すごく綺麗。もともと美優はかわいいんだけど、かわいいっていうより、綺麗」

以前までなら、美咲に褒められると嬉しかった。

新しい口紅、初めて着たブラウス、おろしたての靴。前髪の分け目をちょっと変えただけでも、彼女は必ず褒めてくれる。

かわいい。似合うよ。その色、いいね。……必ずあたたかな笑顔で。考えてみると美咲に貶(けな)されたことなど一度もない。

褒められるとどんな些細なことにでも自信がついて、誇らしく感じたものだ。

それなのに……、今は……。

(どうしよう……)

全然嬉しくない。

大好きな姉が目の前にいるのに、心の沼地だけがぶくぶくぶくぶく反応している。

濁った気泡を増やしている美優とは対照的に、美咲は晴れやかだ。失踪する前よりも清々しい雰囲気に包まれていて、美優の苛立ちがつのる。

「洋服の感じが以前と違うせいかな。あっ、メイクの仕方が変わった？　髪型？　なんだろう、なんのおかげかな、今の美優がこんなに綺麗なの」

「……別に、なんのおかげとか……そういうのは……」

「誰かのおかげ？」

「誰か……」

「彰寛」

美優は唇を引き結び、飛び出してきそうな言葉に耐える。

これは言ってはいけない言葉だ。

これから彼と幸せになる未来が待っている美咲には。

「そうだよね、一ヶ月も一緒にいたんだものね。でも、彰寛のおかげで美優が変わったなんてちょっと悔しいな。どうだった、この一ヶ月間。楽しかった？」

美咲の口調には嫌みがなく、好意的な接しかたは以前とまったく変わっていない。美優には、それがどうにももどかしい。

彰寛の気持ちなんてなにも考えていないように思える。そして、役目を終えて心ごと投げ出される、美優の気持ちも……。

「……姉さんこそ……、この一ヶ月間、楽しかった……？」

声が震えた。恋人と別れて帰ってきた人間にこんな言葉は嫌みっぽい気もしたが、当の美咲はキョトンとしている。

「楽しかったよ。丸々一ヶ月、有給休暇だったからね」

ボコンッ……。

――大きな大きな気泡が、泥沼に浮かぶ。それが弾けた瞬間、美優のなかに抑えこまれていた想いが飛び散った。

「当然楽しかったよね！　いくら決められた婚約に納得できなかったからって恋人と逃げて、一ヶ月間も……！　彰寛さんの気持ちも考えないで……！　姉さんひどい！」

こんなことは口にするべきじゃない。

美咲だってつらかったはずだ。

いきなり婚約の話を告げられて、会社のためになると思えば断ることなどできない。しかし自分には恋人がいる。

それだから、きっと、彰寛に恋人の存在を話したのだ。

「彰寛さんがどれだけ傷ついたかわかる!?　彰寛さんが記憶障害になったのは知ってる!?　少しずついろんなことは思いだしても、姉さんのことは思いださなかった。……思いだしたくなかったからだよ！　好きだった人に恋人がいたなんて思いだしたくないに決まってる！　でも、好きで好きで堪らない人がいたのは覚えていて、だから……だから彰寛さん……、そばにいたわたしを……」

感情的になる言葉が、徐々に詰まってくる。昂っているのに言葉が出なくて、もどかしすぎて地団駄を踏みそうだ。

「わたしを……婚約者だったんだと勘違いして……」

美咲は黙って美優の言葉に耳をかたむけていた。妹の言葉ひとつひとつ聞き逃すまいとしている。そして
その瞳は、困惑する妹を見つめる。

「婚約者じゃない……なんて、言えなかった……。言えば、姉さんのことを教えなくちゃならない。彰寛さんを……傷つけたくなかった……。傷ついてほしくなかった……。あの人が悲しむ姿を見るのはいやなの……。あの人はわたしの……高嶺の花だったから……」

「彰寛と一緒にいて、楽しかった？」

いきなりの質問に心臓が跳ねた。

楽しかった、といったら姉はどうするだろう。

これから正式に婚約を発表する人と妹が一緒に過ごして、それを楽しかったなんて言ってしまったら、きっといい気分はしないだろう。

姉にそんな思いをさせてはいけない。彰寛まで困ることになるかもしれない。

「……楽しかった……」

わかっているのに。

思考のなかの美優は美咲や彰寛に気遣って身を引けるいい子なのに……。

それとは反対の言葉が口から飛び出してくる。

「とても……楽しかったし、嬉しかった。このままずっと一緒にいられたらどんなにいいかって、考えちゃいけないことも考えた……」

脳裏を駆け巡るのは、彰寛と過ごしたこの一ヶ月間のこと。

「一緒に……いたかったの……。このまま、ずっと……」

自分に向けられる彰寛の笑顔と、自分にだけ向けてくれていた愛情。

「彰寛さんと……一緒にいたかった……」

口にしてはいけない言葉だった。

口に出してしまえば、きっと言葉の濁流は止まらなくなる。それだから言葉にしてはいけないと懸命に制していた。

瞳がじわっと熱くなる。頬に温かい小川ができたのを悟った瞬間、口から流れ落ちる言葉が止まらなくなってしまった。

「どうして……、どうして、姉さん？　どうして、戻ってきたの？　姉さんが戻ってきたら、わたし……彰寛さんと一緒にいられなくなる……」

「美優……」

「ズルい……、ズルいよ……。姉さん、ズルい……。恋人と別れたからって簡単に戻ってきて、もとの位置に収まろうとするなんて。……わたしの気持ちはどうなるの……。急に放り出されるわたしは……どうしたらいいの……」

言っちゃ駄目。こんなこと言っちゃ駄目。

心のどこかで、まだ姉の前でいい子でいたい美優が叫んでいる。

けれど止まらないのだ。

いい子でいたい以上に、彰寛を失いたくない自分が狂ったように叫んでいる。

「美優は、彰寛が好き?」

こんな質問、以前までなら絶対に答えられなかった。答えられても、お兄さんみたいで好きとしか言えなかった。

でも今は、それでは収まらない感情でおかしくなってしまいそうだ。

「好き……。大好き……。どうしようもないくらい好き。……子どものころから、ずっと大好きだった……。だから、彰寛さんが勘違いして婚約者にされたんだとしても嬉しかったの……。彰寛さんに愛されて……それが嘘でも、嬉しかった……!」

涙がボロボロこぼれて止まらない。感情の昂ぶりも止まらず、美優は涙でぼやけた視界のまま美咲を睨みつける。

考えるより先に伸びた両手は、美咲の腕を掴んで揺さぶった。

「戻ってこなきゃよかったのに！　姉さん……姉さんが戻らなければ、わたし……ずっと……彰寛さんといられたのに！　姉さんが戻ってこなければ……！」

感情が先走って冷静になれない。

言ったあとにこんなことは言ってはいけないと気づくのに、彰寛を想う気持ちが、彼と離れたくないと願う気持ちが、美優を荒れさせる。

美咲を揺さぶりながら詰め寄ると、ぼやけていた視界につらそうな姉の顔が映る。

(姉さん……)

その瞬間、なにかが落ちるようにスンッと怒りが急下降した――。

……大好きな姉を、困らせてどうする……。

ここで美優がごねたら、それは彰寛を困らせるのと同じことだ。

「ごめん……なさ……」

ふっと身体から力が抜け、美優は美咲の腕を掴んだままその場に頽れる。あとを追うように腕が落ち、身体が崩れないように手で地面を押さえた。

「ごめんなさい……姉さん……」

こんなの、八つ当たりだ。

認めたくない現実を、美咲に当たり散らしているだけだ。

なんて馬鹿なことをしているんだろう……。

「美優が、言いたいことを言って感情をぶつけてくれたのって、初めてだね」

美咲の声はとても静かで落ち着いている。

みっともなく当たり散らすなと叱られても文句は言えないのに、そんなことはせず、彼女は冷静に問いかけてきた。

「美優……、そこまで彰寛を好きなんだってこと、本人に言った？」

美優は下を向いたまま、黙って首を左右に振る。言えるわけがない。言えば、彰寛を悩ませて困らせてしまうだけだ。

「言ってあげなさい、本人に。好きなんだって。離れたくないんだって。きっと、大喜びして地球を一周してくるわ。──ねえ？　彰寛」

まるで本人に同意を求めるかのような口ぶり。ゆっくりと顔を上げた美優の目に映ったのは、アプローチの植え込みの陰から姿を現した彰寛だった。

「あきっ……」

美優は驚いて目を大きくする。

彼はいつからいたのだろう。まさか、今までのやり取りをすべて聞いていたのでは……。

美咲が場を譲ると、彰寛が美優の前に立つ。彼は地面に両膝をつき、身をかがめて、地面についた美優の両手を取った。

「美優……」

彰寛の声は優しい。彼はその声で──自分の罪を告げた。

「すまない……美優」

「……なにを……」

「俺は、記憶障害になってなんかいなかったんだ」

「え……？」

意外すぎる告白に、美優はまだ涙が溜まっていた目を大きくする。残っていた涙がこぼれると彰寛の切なげな微笑みがはっきりと目に入って、胸がギュッと絞られた。

「美咲に恋人がいるのは……知っていた。なんといっても俺たちの同級生だし、俺の友人でもあるからだ。彼もまた家業を継がなくてはならない立場で、美咲が婿養子を取らなくてはならない立場だと考えれば親に反対されるのは見えているから、つきあっているのは秘密にしていたんだ」

そんな事情があるなら、美咲が恋人の存在をにおわせることもできなかったのも無理はない。

美優が気づいていないところで、美咲はずいぶんと悩んでいたのだろう。

「会社の合併の件は以前から計画されていたことだし、俺も話に加わっていたから知っていた。父親同士が、会社と一緒に両家も結び付けて縁を深くしてしまおうなんて話をしていたとき、俺は、そんなことになれば当然美優に話がいくだろう思っていた。けれど……」

彰寛はそばに立つ美咲を見上げる。

——婚約の話は、美咲に振り当てられてしまった。

彰寛にとって、美咲にとっても、予想外の話だっただろう。

彰寛は美優に視線を戻す。

「……話があった時点で、美咲ではなく美優を婚約者候補にしてくれと頼むこともできた。けれど、約束が

あったから……、俺がそれを頼むことはできない。したくても、許してはもらえない」

「許す……、誰にですか」

「私」

答えたのは美咲だった。腕を組みハアッと息を吐いて、厳しい目を彰寛に向ける。

「そんなに美優が好きなんだったら、美優にそれをわかってもらいなさいって言ったの。美優が彰寛に本当に愛されているんだってちゃんと理解して、そのうえで彰寛を受け入れるんだったら私はなにも言わないって。けれど、美優の気持ちを無視して自分の感情を押しつけるなら絶対に認めないって言ったのよ」

「えっ……、す……す……き……って……、え?」

美咲の話を聞いていると、美優の中に電気のような動揺が走る。いったいなんの話をされているのだろうと混乱して、話が見えない。

この説明はまるで、昔から彰寛が美優を好きだった……と言っているようだ。

すると、美咲はキョトンとして美優を見てから、キッと彰寛を睨みつけた。

「……あんた……ちゃんと言ってないの……?」

「いや、毎回言っている。美優好きだ、愛してる、って」

「そっ、それは彰寛さんが記憶障害だから、……わたしを婚約者だと思いこんでいたから言ってくれていただけでっ……」

あまりにもサラッと説明するので、動揺が走る。彰寛にとられたままの手をぎゅっと握られて、美優は言葉を止めた。

彼が美優を見つめている。どこか面映ゆい、くすぐったそうな表情で。

「好きだよ、美優。愛してる」

言葉どころか息も止まった。ついでに心臓も止まってしまいそう。

「昔からずっと好きだった。最初は、妹と同じ年のかわいい女の子くらいにしか思っていなかったのに、妹とは違うんだって思いはじめてからは気持ちが加速して止められなくて、好きで好きで堪らない女の子になっていた」

これは夢だろうか。それとも幻聴か。

彰寛が、好きだと言ってくれている。昔からずっと好きだったと。

それはつまり、美優と同じ気持ちだったということではないか。

「でも、俺は堪え性のない男で、……やってはいけないことをしてしまった……。それを美咲に咎められて……。美優の気持ちを優先できないのなら、美優はあんたになんか渡せないって、怒られたんだ」

「やってはいけないことって……」

「寝てる美優に、キスしたのよ。こいつ」

またもや答えてくれたのは美咲だが、その解答は突拍子もない。やっと動いていることを確認できそうなほど高鳴っている心臓が再び止まってしまいそうなほどドキリとした。

「それも、美優が十六歳になったばかりのころ。まだ彰寛が仁科家にいて、向こうの家に遊びに行っているとき。ソファで転寝した美優に、こっそりキスしたの。頬とかじゃないからね、唇によ」

「……はわっ……」

動揺するあまりおかしな声が出てしまった。これはなにかの冗談ではないのだろうか。よりによって彰寛が……美優にキスをしたなどと……。

「信じられる？　高校生になったばかりの女の子に、二十二歳にもなった男が無許可でキスするとか、許せることじゃないでしょう。少なくとも私は許さない。好きでかわいくて我慢できなかった、とか男の言い訳並べ立てられようと、好きならいいじゃないかって世間が擁護しようと、かわいい妹に二十歳も過ぎた男がなにやってくれてるのよっ。絶対に許さないから。……って言ってやった」

途中からひどく憤っていた美咲は、おそらく目撃した当時の気持ちで話してくれたのだろう。最後にはトーンを落とし、ふうっと息を吐いてまぶたを伏せた。

「美優は強引にこられたら弱い子だから、彰寛の好きだって強い気持ちに押し切られて、気持ちがついて行かないまま振り回されるのが許せなかった。だから約束させたの。美優が自信を持って彰寛を好きだって言えるようになるまで、……美優は渡せないって」

「自信を持って……」

美優は彰寛がくれた言葉を思いだす。

彼は美優に、愛されている自信をくれようとしていた。

言葉で、表情で、身体全体で。沁みこむほどに愛情をくれていた。

あれは決して婚約者だと勘違いしていたからではなく、美優に真剣に伝えようとしていたのだ。美優が好きだと。

……彰寛に、愛されている自信を持ってほしくて……。

「一ヶ月、彰寛と生活して楽しそうだし、変装してデートまでしてるし、幸せそうだな……と思って。ちょうど期限の一ヶ月だったし。私も、もういいかなって思ったの。彰寛に美優を渡しても」

「期限って……姉さん……」

「有給休暇。父さんも、溜まっているからまとめてとれってうるさかったし、この計画に乗じて、彼氏と一ヶ月間婚前同棲(どうせい)してたわ。……あっ、言っておくけど、別れてないよ？　ちゃんと紹介するからね」

セリフの最後が、どこかいつもの美咲らしくない。少し早口になってからコホンと咳払いをした。

（姉さん……照れてる……？）

意外な姿すぎて言葉を失いそうになるが、ここで話を止めるわけにはいかない。

「有給……？　それなら……お父さんもお母さんも……このこと……」

「私が失踪したんじゃなく、単に有給を取って彼氏の所に行ったんだっていうのも知っているし、彰寛が記憶障害じゃないっていうのも知ってる。でも、責めないであげて。私がお願いしたの。美優の気持ちをちゃんと整えてあげるために協力してほしいって。彰寛の婚約者になるべきなのは美優だから、少し時間が欲しい。美優を見守ってあげてくれって。……呼び出されて婚約の話をされた日だから、もちろん仁科のおじ様も了解してる」

美優は呆然とし、目をしばたたかせて彰寛を見る。彼は苦笑いをしたあと美優の手を握り直した。

「そういうこと。……本当は、過労かなにかで倒れたふりをして記憶障害を装うつもりだったんだけど、あの日、美優に逃げられて、もしかしたら嫌われたんじゃないかってナーバスになってね。でも、美優は絶対に俺のことが好きなんだって自信がつくメッセージをもらって浮かれていたら、なんていうか目の前に美優の幻覚がみえてさ、気分がよくなって捕まえようとしたら……、ズルッ……っと」

「ズルッ……と」

「落ちちゃったんだよな。いや、俺も予想外」

彰寛はアハハと笑うが、笑いごとではない。

なにもなかったからよかったものの、本当に大怪我をする可能性だってあったのだ。

しかし、階段から落ちた原因は美優だ。美優の幻をみて気分がよくなって……。

(わたしの……幻……)

ほわっと、頬があたたかくなった。と、いうことは、都合よく考えれば、彰寛は美優の幻をみて気分がよくなるほど美優の存在が心に強くあるということではないか。

心がふわふわしかかる美優だったが、そこに美咲が苦情を入れた。

「ちょっと、幻を追いかけるとか。あんたどこまで変態なのよ。もう、やっぱり美優はやれないっ」

反射的に顔色を変えて美咲を見た彰寛だったが、美咲はフンッと鼻を鳴らし美優に指を向ける。

「なーんてね。そんな変態の話を聞いて赤くなってるかわいい妹を前に、本気で『やらない』なんて言えるわけがないでしょう」

ホッとして顔を戻した彰寛は、もう何度目だろう、美優の手を握り直す。

彼の手が少し汗ばんでいるような気がした。もしかしたら緊張しているのだろうか。

焦って、困って、喜んで……。

彼が美優のために感情を動かしてる。一喜一憂して、握った手を離さない。

なんて……幸せなんだろう……。

「美優……」

彰寛の声がおだやかな真剣みを帯びる。彼と同じように、美優も彼を見つめた。

「美優は、俺のことを高嶺の花だったと言ってくれた。けれど、違う。俺にとっての高嶺の花は、……美優、おまえだった。……触れたくても触れられなくて、ただひたすら目で追って、追い求めて、手の届かない、花だった」

ずっと、……ずっと彰寛に憧れていた。

自分には絶対に手の届かない人だと、高嶺の花だと諦めていた。

その裏で、彰寛も触れてはいけない花（美優）を求めてくれていたのだ。

「俺は……美優が言ってくれるような、綺麗で誠実なだけの人間じゃない」

「彰寛さん……」

「穢れた感情で美優を見ていたこともあるし、美優に触れる妄想に浸ったことだってある。気を引きたくて構ったりからかったり、意地の悪いことをしたりカッコつけたり。いつでも美優の目を気にして、美優の目に自分が映っていないときは自分から視界に入りに行った。美優に好かれたくて、自分だけを見てほしくて、この婚約者問題を利用して、美優をだましてでも自分のものにしてしまおうと考えた……ズルくてかっこ悪い男だ。……そんな俺でも……いいか？」

止まっていたはずの涙が、つぅっと頬を伝った。

彰寛が自分をさらけ出してくれている。彼に憧れていた美優の気持ちは知っているのだから、そのままでいれば〝憧れの素敵な人〟で固定されるのに。

自分を、ズルくてカッコ悪い男だと、それでもいいかと。

「……それが……、彰寛さんなんでしょう……？」

「美優……」

「ズルくても、かっこ悪くても、……それが、わたしが好きになった、大好きな彰寛さんなら……そんなの、関係ないです……」

彰寛の表情がゆがみ、一瞬泣きそうな顔をした気がする。彼は美優の手を離すと、力いっぱい彼女を抱きしめた。

「美優……」

「彰寛さん……」

「ああっ、もう我慢できないっ」

美優を抱きしめたまま駄々をこねるように身体を左右に揺らす。素早く美優を姫抱きにして勢いよく立ち上がった。

「よし、帰るぞ、美優」

「か……帰る……って」

慌てる美優を歯牙にもかけず、彰寛は美咲に顔を向ける。

「連れていく。いいな」

彼の口調にも表情にも、どこか勝ち誇った雰囲気がある。何年も美咲との約束に縛られていたのだから、当然といえば当然だろう。

「美優がいやがってないのなら、私はなにも言うことはないわ。連れていくのなら、あっちにも挨拶していって。礼儀よ」

美咲が親指でしゃくった先には、アプローチの植え込みから姿を見せた両親がいる。彰寛の話に聞き入っていたので気がつかなかったが、いつからいたのだろう。

「美優をもらっていきます」

両親に向かって言い放ち会釈をした彰寛が、美優を抱きかかえたまま歩きだす。ここで慌ててしまったのは美優だ。

「ま、待ってくださいっ、わたし、両親と話し合いが……」

両親には、これからのことを話し合おうと言われていた。彰寛と美咲の話に決着がついたからといって勝手に帰るわけにはいかない。

「話し合いは終わっただろう？　俺の婚約者は美優だ。美優も了解してくれた。はい、終わり」

「え？　……えぇっ？」

「おじさんとおばさんには、美優の気持ちを確認したら連れていっていいって言われているから問題ない。これで解決」

「そ、そんなっ……！」

「美優っ」

彰寛が立ち止まる。その先には、こっそりと隠すように路上駐車した彰寛の車があった。おそらく帰宅する美優に見つからないよう、目立たない場所に停めていたのだろう。

「昨夜……、久しぶりに一人で寝た」

「……わたしもです」

「ベッドが広すぎて、寒くて物悲しくて、泣きそうだった」

「わたしのベッドは広すぎじゃないですけど、……わたしは、泣きました」

「美優を泣かせたくないから、もう絶対俺のそばから離れるな。いや、離れないでくれ」

彰寛は美優を見つめ、ひたいに唇をつけた。

「じゃないと……、俺も泣くぞ」

拗ねたようなトーンで響く、小さな呟き。胸の奥がきゅんっとあたたかくなって、美優は思わずクスリと笑ってしまった。

　両腕を彰寛の肩から回し、彼に寄り添う。

「彰寛さんを泣かせたくないから、離れません」

　懐く美優に煽られたか、彰寛は速攻マンションへ帰ったのである。


「美優、ごめん、食事はあとでもいいか」

　マンションへ帰ってすぐ、彰寛はそう言って美優をベッドルームへ連れていった。

　返事もできないままベッドへ倒れこみ、キスを交わしていたのだが……。

　彰寛のスーツのポケットから連続してメッセージの通知音が聞こえてくる。美優は仕事でなにかあったのではと心配になったのだが、彰寛はスマホを取り出し渋い顔だ。

「ごめん、ちょっと待って。これ、無視するととんでもなく大変なやつだから」

　美優から離れ、ベッドの上で胡坐をかいた彰寛がスマホをいじりはじめた。どうやら返信しているらしい。

「お仕事、大丈夫ですか？」

　心配になった美優も起き上がりながら聞く。彰寛は苦笑いで、困った様子はない。

「ん～、仕事の相手ではないんだ。美優を泣かせたら激怒するもう一人から。もしかしたら……美咲より怖いかもな」

「激怒？」

母も怒りそうではあるが、彰寛に美咲よりも怖いと言わしめるとはよほどである。しかし誰なのかは思い当たらない。

……一人、思いつきはするが……。彰寛との接点が見いだせないのだ。

「ほら」

彰寛がメッセージの画面を見せてくれる。

先程連続で入ったものだろう。そこには、短い文章が連続して入っていた。


〈美優、今日すごく元気がなかった〉

〈泣かせないでよ〉

〈悩ませないで〉

〈かわいそう。美優がかわいそう！〉

〈しっかりしてよ、兄さん〉

〈ホントにヘタレなんだから！〉


「……兄さん？」

どの文より、そこが一番気になる。彰寛を見ると、彼はにこりと微笑んで美優の疑問を解いてくれた。

「昔、両親が離婚したときに母親についていった妹だ。家族としての交流がないわけじゃないし、妹には、こうやってときどき叱られる」

「……離婚……ですか？」

「たぶんだけど、美優は、俺の母親と妹は亡くなったものだと思ってなかったか？」

「すっ、すみませんっ」

「だと思った。聞けばいいのに」

そう思っていたからハッキリと聞くことはできなかったし、その手の話題にも触れてはいけないと思っていたのだ。

……それだから、ひとつ、どうしても可能性があって気になっていたことがあったけれど、認められないまま偶然で片づけていた。

美優はメッセージに添えられているアイコンを凝視してから、ＩＤを見る。

——ふっと、涙腺がゆるんだ。

「妹は……いつも美優のことを心配して、俺に報告してくれていた。美優に嫌われたかと思った日、気力がつくメッセージを送ってくれたのも妹だ。そうだ、美優が中谷君に絡まれた日、報告をくれたのも妹だった。あっ、それと、美優は美咲だと思ったようだけど、変装してデートをした日の夜、電話で話していたのは妹なんだ」

美優はクスクスと笑いだす。〝妹〟の話をする彰寛が、どことなく照れているようでかわいい。

しかし笑ってしまうのはそれだけが原因ではない。

嬉しいのだ。

もしかして、と思っていた。しかし確証となるものがなにもなかったから、本気で考えたことはなかったのに。

ＩＤは〝あかり〟で、アイコンも見覚えのあるメガネの画像。

「……似ていると思ってたの……。だって、あかり……、やること言うこと、彰寛さんによく似ていて、すっごくイケメンなんだもん……」

声が震えて泣きそうだ。嬉しくて、叫び出してしまいそう。

美優はベッドに倒れこんだ際に落とした自分のバッグを床から拾い、スマホを取り出す。

急いであかりにメッセージを送った。

〈よくも騙したな！　明日のお昼ごはん、奢ってね！〉

すぐに既読が付く。返ってきたのは、モフモフのかわいいヒヨコがＯＫを出す動くスタンプだった。

「……もう……意外とかわいいものが好きなんだから……」

――だから、美優も好きだよ。

そう言ったあかりの笑顔が、同じようなことを言っていた彰寛と重なる。

高嶺の花と崇め、勝手に遠ざけていた彰寛にとても近い人が、いつも美優のそばにいただなんて。なんてすごいことなんだろう。

あかりがいつも、彰寛のことで美優を元気づけてくれたり背中を押してくれたり気遣ってくれていたのは、すべてわかっているうえで、見守ってくれていたのだ。

「俺が近づけないぶん、妹にはずいぶんと美優のことを教えてもらえたし、ときに美優を助けてもくれていた。感謝してもしきれない。……というか、妹に美優を見てもらっていたなんて美咲に知れたら、説教三時間コースだな。妹をスパイに使うなって」

彰寛は自分のスマホをポケットに戻すと、スーツの上着を脱ぎ、ぐるぐるっと丸めてベッドの下に置いてしまった。

珍しい行動に首をかしげる。彼は人差し指を口元にあて声を潜めた。

「通知音が聞こえたら気になるから、無視」

「怒られませんか?」

「大親友の美優が庇ってくれるから、大丈夫」

美優はスマホをバッグに戻し、同じくベッドの下に置いて、笑いながら彰寛に抱きついた。

「庇ってあげますよ。大事な彰寛さんですからっ」

「美優っ……!」

抱きついてきたのが意外だったのか、彰寛のほうに受け入れ態勢が整っていなかったようだ。抱きついた勢いのまま、一緒に倒れこんでしまったのである。

美優が押し倒したようで妙な気分だ。それは彰寛も同じだったらしく、美優の背中に腕を回してきた。

「美優に迫られているみたいだな」

「ごめんなさい、いきなり……」

離れようとするものの、もちろん彰寛が放してくれない。

「美優、キスして」

さらに照れくさくなるお願い。

「わたし……からですか?」

「そう。美優は、俺に愛されている自信、ついただろう?」

「はい……それは……」

恥ずかしくなることを聞いてくれる。しかし今、彰寛に愛されているのだという想いがとても強くなっているのは間違いじゃない。

「じゃあ俺にも、美優に愛されている自信、ちょうだい」

「ないんですか?」

「すっごくある。美優が思っている以上にある」

「それなのに、さらに、ですか」

美優はクスクス笑いながら彰寛にチュッとキスをする。

「もっと」

せがまれ、再度チュッと唇を鳴らした。

「もっと」

「欲張りですよ」

とは言いつつ、彰寛に求められると嬉しい。もっともっと与えてしまいたくなる。

唇を食むように動かしていると、彰寛の手がブラウスのボタンを外しはじめた。

「美優も、脱がせて」

お願いっぽい言いかただったせいか、かわいく感じて胸がムズムズする。それに負けて上半身を動かしつつ、美優も彰寛のネクタイを解き、ウエストコート、ワイシャツと、順番にボタンを外していく。

しかし上半身ブラウスとブラジャーだけの美優に対して、圧倒的に彰寛のほうが脱がせる量が多い。それも美優はキスの主導権を取りながらだ。ワイシャツから腕を抜かせたころにはブラウスもブラジャーも取られ、スカート、ストッキング、ショーツなどが膝まで下げられているという、全裸に近いけれどなりきっていない中途半端な格好だった。

膝で止まってしまっているのは、美優が両膝をついているからに他ならない。彰寛もそれがもどかしいのか、美優の腰を持って身体を引き上げ、膝で固まった布を取り払いにかかった。

「あ……すみませ……。自分で……あっン！」

片脚を引いて自分で脱ごうともしたが、体勢的に胸のふくらみがちょうど彰寛の顔のあたりにあり、身動きすると彼の顔にやわらかいふくらみを押しつけてしまうのだ。

あっと思ったときには、当然とばかりに吸いつかれていた。

「あ……あきひろさっ……」

「ん？　吸いついてほしいから押しつけてきたんじゃないの？」

「これは不可抗力……あぁんっ」

さらに頂を大きく咥え、じゅうじゅうと吸いたてる。舌を大きく動かされて、乳頭も周囲の霞もいっしょくたに舐め回され、もどかしく下半身を動かしているうちに一切の布がなくなっていた。

「ぁ……あ、ゥンッ、彰寛さぁ……」

彼が容赦なく舌を動かしているあいだ、両手はお尻の双丘を鷲掴みにして大きく揉み回している。まるで乳房の代わりと言わんばかりだ。

「ンッ……ん、ダメ……お尻……ぁんっ」

手つきは同じでも、明らかに胸を揉まれるのとは違う刺激。ビリビリとした電流が脚に走って、思わずつま先が伸びる。

「あっ……ぁっあ……」

逃げ場のない腰を彰寛に押しつけ、もどかしさをどう表したらいいかわからないままに背を反らす。わずかに胸を彼に押しつけてしまったらしく、強く吸引された。

「アンッ、ぁぁ、吸っちゃ……や、ぁんっ……」

顔をずらして口いっぱいに咥えこんでいたマシュマロを放した彰寛は、今度は谷間に吸いつき上目づかいに美優を見る。

「押しつけてくるから『もっと』だと思った」

「ンッ……違いま……」

「もっと、……だと嬉しいのに……」

美優の臀部を掴んだまま押し上げてくるので、なにかわからないまま膝を進める。合わせて彼が身体を沈め、股間が彼の顔の上にきたところで秘部を咥えこまれた。

「あっ……！」

ぐちゃぐちゃ音をたてて舌を回し、膣口を刺激しては秘芽に吸いついてくる。

「あっ……やっ、あぁっ！」

倒れ気味だった上半身を伸ばし、心持ち腰を前に出す。敏感な突起を刺激する唇からは逃げられたものの、秘孔をダイレクトに長い舌でほじられた。

びくりと跳ねた身体が勝手に逃げようとする。臀部から腰に移った両手がそれを許してくれない。美優は上半身を悶え動かし、腕を抱いて身をよじる。

「ハァ、あっ、……やぁん、あぁっ……」

先程まで咥えられていた乳房がジリジリしだした。むず痒さに負けて片方を掴んで力を入れるとそれは半減したが、まるで自分で自分の胸を揉んでいるかのように錯覚し、おかしな気分になる。

「美優……胸、気持ちいい?」

真下から彰寛が見上げてくる。この格好を見られているのだと思うと恥ずかしさでいっぱいになるが、それがいやだとは思えなかった。

美優がコクっとうなずく。彰寛は美優のためなのか自分のためなのかどちらともつかない指示を出した。

「それなら、もっと気持ちよくなって。両手で両方の胸を持ってごらん。ギュって握ったら、もっと気持ちがいいから。気持ちよくなっている美優、俺に見せて」

それはつまり、自分で自分の胸を揉んで見せてということではないか。

そんな恥ずかしいことはできないと感じつつ、美優のもう片方の手は放置されていたほうの乳房を掴む。両方同時に力を入れると、羞恥にも似た官能が広がった。

「あっ……ぅンッ……」

力をゆるめ、また入れる。入れてはゆるめ、繰り返しているうちに頭の芯が熱く痺れてきた。

きゅうっと乳房に加えられる圧と、自分の手に伝わる柔らかな刺激が堪らない。

「あぁぁン……やっ、ハァ……ンッ」

自然と腰が揺れてしまい、秘部を彰寛に擦りつける。

美優の乱れる姿に煽られているのか、彼の舌の動きも吸引も激しくなる。必要以上にジュルジュルと淫音をたて、熱く潤った媚肉の苑(えん)を執拗(しつよう)に舐めたくった。

「あぁぁ……やっ、やぁン……! はぁ、ぁっ、あっ……!」

秘部が熱くて蕩けてしまいそう。アイスのように柔らかくなって、彰寛に舐め取られてしまいそう。

暴れそうな腰を押さえる手がゆるみ、とっさに膝立ちになる。秘部いっぱいにあった感触がなくなってしまい熱い部分が痛いくらいに疼いた。

「あっ……ハァ……彰寛さ……ん……」

下半身がずくずくする。まるで鼓動を刻んでいるかのよう。膣口がバクバクと蠢いている。

「イイ顔してる。欲しいの？」

「あっ……ン……」

そんな意地悪言わないで……。口からは切ないあえぎ声しか出ないのに、今まで彼とくちづけていた秘唇が彼を求めて焦れあがる。

「手はそのまま……。我慢できないんだ？　かわいいな」

美優の手は乳房を握ったまま離さない。この柔らかな感触が気持ちよくて、離したくないのだ。

胸に刺激を与えていることで、下半身の切なさがわずかに軽減されている。離したくないというより、離せない。

膝立ちになっている美優の腰を持って後退させ、彰寛も自分でずり上がる。止まった位置は彼の腰の上。そそり勃つ鏃がすぐそこだ。

「待って」

優しく言って、彰寛は挿入前の準備を施す。今まで、この時間をこんなにももどかしく感じたことがあっただろうか。

繋がる前の大切な準備だとわかっているけれど、そんなものいいから早く、と思ってしまうほど全身が彼と繋がりたがっている。

「ンッ……！」

準備を終えた切っ先が、つんっと蜜床を刺激する。このまま腰を沈めれば、求めている刺激が手に入る。

「待って」

腰を沈ませかけた美優に、彰寛の制止が入る。まるで餌を前に何度もマテをされる犬になった気分で、美優は彰寛を見た。

「彰寛さん……」

「俺が欲しい？」

先程も同じ質問をされた。ちゃんと答えられたら、彼は嬉しいだろうか。

美優は自分が彰寛に求められたときのことを思いだす。

彼に求められると純粋に嬉しい。離したくないなんて言われると夢心地だ。

思えば、彼が何度も何度も求めてくれて蕩けるほど愛情を注いでくれたから、美優は、彼に愛されていると思うことができていたのではないか。

勘違いでされた婚約者だから、なんて思いこみがなければ、愛されている自信なんてとっくについていて、揺るぎないものになっていたに違いない。

「欲しい……です」

美優は胸から手を離すと、脚のあいだで待つ屹立に手を添えた。

「彰寛さんが好きだから……、欲しくて堪らない……」

切っ先が蜜口にあたる。美優はグググッと腰を落とす。膣口が大きく広がり、熱塊を呑みこんでいった。

「あっ。あぁぁ……！」

求めていた熱が埋めこまれていく圧に、胎内が歓喜する。全身に震えが走り、弾けてしまいそうな快感をめぐらせながら、美優は彰寛の腹部に手を置いて腰を揺らした。

「彰寛……さんが……、いっぱい、欲し……あぁ、あっ……！」

彰寛は動かないまま、美優だけが昂ぶる。隧道をずぼずぼと火杭が掘削していく。自分が動ける限りで腰を揺らすが、物足りなさに蜜窟が疼いて泣きそうだ。

「あき……ひろさ……、もっと……あっ、ァンッ！」

切ない哀願は泣き声に変わる。顎を反らし、頭を左右に振って、これで動くのが精一杯な自分がもどかしい。

美優は本当に涙がにじんできたのを感じながら、彰寛を見つめた。

「もっと……いっぱい、欲しぃ……ンッ、彰寛さん……すきぃ……」

「美優っ……」

腰を支えていた彰寛の手に力が入り、勢いよく剛直が突き上がってくる。強烈な刺激で最奥を穿たれ、美優は背を反らして悶え動いた。

「あっ……あぁぁン――――！」

もどかしさでいっぱいだったものが瞬時に弾ける。息を吹き返したかのように律動しはじめた雄芯をきつく締めつけ、美優はそのまま身体を前に倒した。

「あっ……ぁ、ダメっ……ぁぁぁっ！」

突き上げられた瞬間軽く達してしまったせいで、揺り返しが早い。またもやせり上がってくる快感に両脚を暴れさせると、太腿を開かれ彼の腰で固定された。

大きく開かれた陰部に遠慮会釈なく打ちこまれる熱塊が、あっという間に高みへと引き上げる。

「やぁぁ……ダメェっ……また、あぁ――――！」

「ったく、美優はっ……！」

達した瞬間、彰寛が美優の足を腰で押さえたまま飛び起きる。驚いて彼に掴まろうとしたが、その前に体勢が変わり、シーツにあお向けに押し倒されていた。

「そんなに欲しがられたら、俺のこと、好きで好きで堪らないんだなって思うだろう？　思っていいか？」

「好きですよ……今さらなに言って……」

「俺も大好きだ……！」

昂ぶったまま、彰寛は腰を振りたくる。腰で押さえていた美優の両脚を胸にかかえ、ググッと最奥をえぐり、繰り返し彼女の蜜窟を蹂躙(じゅうりん)した。

「あぁっ……！　やぁぁンッ、そんなに、されたらぁ……！」

「好きだ、美優……美優……！」

うわごとのように何度も美優の名を呼び、彰寛は彼女を貫き続ける。彼の熱と摩擦で全身が熱い。胎内から蕩けてしまいそう。

マグマが噴き出すように、愉悦が全身の毛穴から吹き出していく。

本当に溶けてしまうと感じた瞬間、気づかないうちに迫っていた絶頂の大波に呑まれた。

「もぅ……ダメェ……溶けちゃ……あぁぁ――――！」

「みゆっ……」

とどめを刺すかのような突きこみが、脳にまで響いてくる。

大波に呑まれ、意識が忘我の果てへと飛ばされそうになるが……。

「愛してる……美優」

彰寛の囁きが、心地よく耳から入りこむ。

「愛してるよ」

抱きしめてくれる肌の感触に酩酊し、美優も夢心地だ。

「……愛してます……彰寛さん……」

彼に抱きつき、恍惚とした余韻に身を投じた。

――少し、意識を手放していたらしい。

ふと開いたまぶたのあわいから、美優を見つめる彰寛の優しい眼差しが流れこんでくる。ベッドの中で彼に抱き寄せられていた。

「気絶するほど気持ちよかった?」

クスリと笑われ、ちょっと恥ずかしい。

実際に気絶してしまったようだが、本当に気持ちがよくて、このまま本当に死んでしまうのではないかと思ったほどだ。

「……彰寛さんは?」

ちょっと悔しいので聞き返してみる。チュッとひたいにキスをされ、彼が照れくさそうに笑った。

「俺も、昇天しそうなほど気持ちよかった。でも、言い忘れたことがあったから、まだ死ねないなと思って」

「なんですか?」

いたわるように抱き寄せていた腕が、強く美優を抱きしめる。

「手が届かないと思っていた美優に、やっと手が届いた。ずっとこの手を離したくない。……俺と、結婚してください」

まさかのプロポーズの言葉。二人は結婚を前提とした婚約者確実なのだから、この言葉をもらえるとは思わなかった。

「婚約とかそういうのがなくたって、いつか絶対美優に言いたいと思っていた言葉だから」

彰寛の気持ちが嬉しい。信じられないくらい幸せだ。美優は彰寛を抱き返し、腕の中で何度も首を縦に振った。

「手が届かないと思っていた彰寛さんが、……ここにいるのが夢みたい……。ずっと、放さないでください……。離れませんから……」

「放さないよ……」

愛(いと)しい人の腕の中で、美優は幸せに浸った。

エピローグ

その後、まもなくして、ニシナ・ジャパンと朝陽グローバルの合併が発表された。

それとともに副社長である彰寛と、にわかに朝陽グローバルの社長令嬢だったと噂が立ちはじめていた美優との婚約も、公にされたのである。

吸収合併は数年前から計画されていたとの説明で、美優がニシナ・ジャパンに入社していたのはその前準備だったのだと解釈する者もいた。

その一人が、萌果だ。

「すごいです。すごいですね、美優先輩っ。ということは、入社のときからその準備のために動いていたってことですよね」

例の一件以来、最初のうちこそ素直になりきれず反抗的な部分も見せていた萌果だったが、仕事を真剣に覚えていくなかですっかり美優に懐いていた。

「尊敬します。だから先輩は仕事ができるんですね。すごいです」

すっかり美優をリスペクトしてしまった萌果は、今度は喜代香ではなく美優に近づこうと仕事に熱が入っている。

あかりがたまに「ウザイよ、おまえ」といやな顔をするが、これはこれで悪いことではない。

そして、今まで彰寛の妹であることを話してくれなかったあかりについては、クールな彼女が口にすると店員さんのほうが照れてしまいそうな名前のアイスクリームを三回奢ってもらうことで、許してあげることにした。

あかりに言わせれば……。

「だって、美優、聞かなかったじゃない。うちの母さんが離婚した理由とか。別れた父親にもらったでっかい家のこととか」

人様の家の事情を、あれこれ詮索すべきではないと思うからこそだった。

確かに大きな家に住んでいるなとは思っていたが、あかりの母親は腕のいい開業医だ。そう思えばこそ大きな家でもあまり不思議には思わなかったのである。

「だいたいさぁ、兄さんとどっか似てると思ったとか言うけど、あんなヘタレ兄貴に似てるとか言われるとショックなんですけど？　ったく、何年美優を待たせてんのよ。嫌われたのかな、とか相談してくるたびに、大丈夫、美優は兄さんが大好きだよってフォロー入れてさ。……え？　待って、今回の陰の功労者って、私じゃない？　え？　アイス奢ってもらわなきゃならないのは私のほうだよね。ああ、美優に、じゃないよ。あのヘタレ兄貴に奢らせるから」

仲がいいのか悪いのかよくわからないが、……悪くはない、……と、思う。

ちなみに、彰寛とあかりの両親も、仲が悪くて離婚したわけではないらしい。

名のある医師として活躍している妻を、もっと自由に活躍させてあげたくて決めたことらしいので、今でもちゃんと交流はあるらしいのだ。

美優はその後も、彰寛と彼のマンションで同棲している。結婚に向けて、新居探しの真っ最中だ。

大好きな人と正式に婚約をして幸せ真っ盛りではあるが……。

幸せ真っ盛りなのは……もう一人いたのである――。


「ほら、美優、ミルクティー」

ソファに身体を沈めた美優に、彰寛がミルクティーのカップを差し出す。気疲れした身体をよいしょっと起こし、美優はカップを受け取った。

「ありがとう、彰寛さん。わー、彰寛さんのミルクティー大好きっ」

浮かれた口調にも少し疲れが混じる。会社の帰りに実家に寄り、今帰ってきたところなのだ。

ミルクティーをすすり、ハアッと息を吐く。美優好みの甘さが広がり、疲れも吹き飛びそうだ。

このミルクティーの作りかたを彰寛に教えたのはあかりだったらしい。あかりは美優の好みを熟知しているので、それに沿って教えこまれたという。

そう思って飲むと、姉のミルクティーとは味が違うと思えるから不思議なものだ。

「で？　今回も圧倒されて帰ってきたのか？」

彰寛が隣に腰を下ろす。調子よく甘い液体を流しこんでいた美優は、カップを口から離して苦笑いだ。

「だって、もぅ……、すごいんだもの、姉さんのノロケ……」

「……秘密にしていた恋人との仲をやっと口に出せるようになったんだし……、無理もないか……」

実家へ顔を出すたびに、美咲のノロケ話につきあわされる。ノロケや自慢話の類とは無縁に見える彼女から延々と出てくる甘い話は、美優に「この人、誰？」と思わせるほどの迫力だ。

「わたしだって幸せ絶好調だし、ノロケ返してやりたいのに、その隙がないっていうか……」

ブツブツ言いつつミルクティーを飲み進める。美優の手からカップを取ってテーブルに置いた彰寛が、笑いながら彼女を抱き寄せた。

「よし、じゃあ、結婚式の準備をサクサクと進めて、自慢し返してやろう」

「彰寛さん、自慢とノロケは違うんです」

「あれ？　美優は早く結婚したくないの？」

意地悪なことを聞くが、彰寛はニコニコしている。美優はくすぐったくなりながら彼に抱きついた。

「したいですよ。もちろんっ」

「向こうはまだそこまで進んでないから、結婚するのも子どもができるのもこっちが先だ。これから申し訳ないくらい惚気(のろけ)られるぞ」

「子ども……」

結婚式どころではない。とても大きな話題が出されてしまった。

結婚したあとには、もちろんそんな時期が待っている。わかってはいるが、こうして話題に出されると照れくさいし……嬉しい。

「……夢みたい……」

美優はキュッと彰寛の胸にしがみつく。

「本当に……こんな話ができる日がくるなんて……」

「前に、ちょっとした気がするけど？　子どもができたら、部屋もたくさんあるし人の手もあるから実家に住んでもいいかなって」

「あのときは……、本気になんてできませんでしたから」

本気にしなくても、罪悪感の陰で幸せな家庭の光景を夢みた。

現実だったらどんなに幸せだろうと。叶わない夢と位置づけて、想像することだけを自分に許した。

もう、罪悪感を持つ必要はない。夢は、現実として美優にもたらされている。

「夢じゃない……」

彰寛が美優を抱き寄せ、髪を撫でる。

「美優が俺を愛してくれたから、現実になったんだ。ありがとう、美優。俺は本当に幸せ者だと思う。手を伸ばせばいつでも美優がいるなんて、毎日が夢のようだ」

彰寛の幸せな囁きが胸に沁みて、心が陶酔する。

好きな人が幸せだと言ってくれる。

それを感じるだけで、堪らなく幸せだ……。

「彰寛さんが……わたしを愛してくれたから、こんなに幸せなんですよ。……ありがとうございます、彰寛さん……。大好き」

「美優……」

見つめ合うと、すぐに唇が重なる。

愛されている自信をお互いたっぷりと与え合って、二人は遠回りした幸せに浸った。

あとがき

こういったジャンルの小説や漫画だからこそ許される設定やキャラクターの性格というものが間違いなく存在していまして……。

俺様や度を超した執着も、ヒーローだから許される、みたいなところがあるんですね。

たとえば、まだつきあってもいなければ告白もしていないヒロインにいきなり壁ドンしてキスしても、大部分許されてしまう。

リアルでやったらドン引きじゃないですか！

ちょっとそこの交番まで一緒にきなさい案件ですよ！

途中でヒロインがひどい目に遭っても、ヒーローと仲が悪くなってしまっても、どうせラストではハッピーエンドなんだから、とわかっているから許せるのと同じで、どうせこの二人はラブラブになるんだから、とわかっているから、ヒーローのリアルでは考えられない行動も許せるのかなと思ったり……。

（所詮そういうジャンルの物語なんだから、そこまで深く考えないで単純にイケメンを楽しみなよ！　と言われたらそれまでなんですけどね）

ただ、今回それを許してくれなかったのが、美咲姐さん……姉さんです。

もう、私の中では「美咲姐さん」でもいいくらいですよ！　こういう気風のいい女性キャラ大好きです！

惚気たところを想像して一人でニヤニヤしちゃいます！

ヒーロー&ヒロイン至上主義の方から見たら、きっと美咲は持論で二人に遠回りをさせたひどい女に見えちゃうのかなと思いますが、実際……間違ったことは言ってないんですよね……。

誰でも怒るって。そんな現場を見ちゃったら。

（ネタバレになるからここでは書きませんが）


今作で一番書きたかったのが、美優のご乱心シーンでした。

自己肯定感が低くて、お姉ちゃん大好きで、おとなしい。

逆境やコンプレックスがあっても負けずに明るく前向きに……なヒロインを書くことが多いなか、珍しいタイプになりました。

……ムッチャクチャ、自制が利かないレベルでキレてほしかった。

あんまりやると我が儘な駄々っ子みたいになっちゃうので、そのあたりは考えました。

先程美咲のキャラが大好きだと書いたのですが、今回はもう一人、大好きなタイプの女性キャラがいるんです。

本編をお読みくださってから、このあとがきを読まれている方ならわかりますよね……？　〝陰の功労者〟ですよ。

おそらく私は、性格がイケメンな女性キャラがツボなんだと思います。（笑）

あっ、この陰の功労者ですが、特典用で書いたＳＳに名前が登場してしまいます。どうかどうか、本編を読まれてから特典を読んでくださいね！

……って、ここで書いても遅いかも!?

自分が好きなせいか、アイスネタがしつこい作者です。

今回出てきた、男性が注文するにはちょっと照れるアイスのフレーバー……って、わかりました？（3と1がつくアイスクリーム屋さんです）

男性ではないですが、私も照れます（笑）。

でも一番好きなのは彰寛と同じフレーバーだったりします。

なんというかいろいろありすぎて、今回も担当様には多大なるお手数をおかけいたしました……。すみません。いつもありがとうございます！　なんとなくなんですが、ちょっとあまり前向きなヒロインではなかっンを目指します！

たぶん、内容的に困らせてしまったのではと勘繰ってソワソワしておりました。次回は素直で明るいヒロイ

イラストをご担当くださいました上原た壱先生、ちょっと癖のある二人を、とても素敵に仕上げてくださいましてありがとうございます！

本書にかかわってくださいました皆様、いつも励ましてくれるお友だち、書く元気をくれる大好きな家族に。そしてなにより、本書をお手に取ってくださいましたあなたに、最大級の感謝を。

ありがとうございました。

また、お目にかかれますことを願って――――。

心落ち着かない日々が続くなか、幸せな物語が少しでも皆様の癒しになれますように。

玉紀 直

ガブリエラブックス好評発売中

シークレット・プレジデント
麗しの VIP に溺愛されてます

玉紀 直　イラスト：八千代ハル ／ 四六判

ISBN:978-4-8155-4049-4

「やっぱりアタシたち運命で結ばれているのかな」

OLの杏奈は上司命令で、VIPである写真家を空港に出迎えに行き驚く。現れたのは、以前NYで危ないところを助けてくれた恩人、ハルだったのだ。女性だと思っていた人が男性だと知り動揺する杏奈。だが彼は以前と変わらず優しく魅力的で……「それなら私は、杏奈の前で男になっても許されるんだね?」ずっと忘れられなかった人に甘く愛され夢のようだけれど、彼の素性は相変わらず謎めいていて!?

ガブリエラブックスをお買い上げいただきありがとうございます。
玉紀 直先生・上原た壱先生へのファンレターはこちらへお送りください。

〒110-0016 東京都台東区台東4-27-5 (株)メディアソフト
ガブリエラブックス編集部気付 玉紀 直先生／上原た壱先生 宛

MGB-043
高嶺の花の勘違いフィアンセ
エリート副社長は内気な令嬢を溺愛する

2021年10月15日 第1刷発行

著 者 玉紀 直（たまき なお）

装 画 上原た壱（うえはら いち）

発行人 日向晶

発 行 株式会社メディアソフト
〒110-0016
東京都台東区台東4-27-5
TEL：03-5688-7559 FAX：03-5688-3512
http://www.media-soft.biz/

発 売 株式会社三交社
〒110-0016
東京都台東区台東4-20-9 大仙柴田ビル2階
TEL：03-5826-4424 FAX：03-5826-4425
http://www.sanko-sha.com/

印 刷 中央精版印刷株式会社

フォーマットデザイン 小石川ふに(deconeco)

装 丁 吉野知栄(CoCo.Design)

ISBN 978-4-8155-4066-1